북소리

아시아에서는 《바이링궐 에디션 한국 대표 소설》을 기획하여 한국의 우수한 문학을 주제별로 엄선해 국내외 독자들에게 소개합니다. 이 기획은 국내외 우수한 번역가들이 참여하여 원작의 품격을 최대한 살렸습니다. 문학을 통해 아시아의 정체성과 가치를 살피는 데 주력해 온 아시아는 한국인의 삶을 넓고 깊게 이해하는 데 이 기획이 기여하기를 기대합니다.

Asia Publishers presents some of the very best modern Korean literature to readers worldwide through its new Korean literature series ⟨Bilingual Edition Modern Korean Literature⟩. We are proud and happy to offer it in the most authoritative translation by renowned translators of Korean literature. We hope that this series helps to build solid bridges between citizens of the world and Koreans through a rich in-depth understanding of Korea.

바이링궐 에디션 한국 대표 소설 071

Bi-lingual Edition Modern Korean Literature 071

Drumbeat

송영
북소리

Song Yong

ASIA
PUBLISHERS

Contents

북소리   007

Drumbeat

해설   143

Afterword

비평의 목소리   153

Critical Acclaim

작가 소개   160

About the Author

북소리

Drumbeat

차도에서 계단을 내려가면 좁은 골목길이 나서는데, 골목 좌우에는 나지막한 가옥들이 마치 벌집처럼 밀집해 있다. 어느 집에서나 뒷길로 열린 창을 밀면 이웃집 마당이나 담벼락이 눈앞으로 바짝 다가온다. 나는 좁은 골목길을 이십여 미터쯤 걸어가다 오른쪽으로 꺾어 돌아갔다.

회색 철대문이 곧 나타났다. 성인의 큰 키만큼 높은 이 대문으로 말하자면 이 일대에서 거의 유일하게 품격을 갖춘 대문이며, 꼭대기에 붙어 있는 편지함이라든가 초인종 단추, 안쪽의 빗장 따위가 제법 세밀한 안목으로 제작되었음을 금방 알 수 있다.

Walking down the steps from the road, you could see the low houses on either side of the alley, clustered together like the cells of a honeycomb. Anybody opening a window in one house would find himself staring at the neighbor's wall or yard. I walked around twenty meters into the narrow alley before veering sharply off to the right.

Before long, I saw the gray iron gate. It was about as tall as a grown man and was probably the only gate in the neighborhood that approached anything dignified. I remembered the delicate patterns on the mailbox fixed on top, the doorbell, and the latch inside.

그 회색빛 대문을 보면 이 집 주인 영감(아마도 지금쯤 고인이 되었을지 모르겠다)의 취향이라든가 깐깐한 성품이 금방 떠오를 지경이다. 나는 손을 높이 뻗어 초인종 단추를 눌렀다. 두어 번 초인종 단추를 눌렀을 때 귀에 익은 뚱보 할매의 목소리가 들려왔다.

"누구세요? 누굴 찾으시죠?"

할매는 안방에서 문만 살짝 열고 소리치고 있다.

"할머니, 문 좀 열어주세요. 그런 다음 제가 누구라는 걸 아시게 될 겁니다."

그녀가 뭐라고 투덜거리며 신발을 끌고 마당으로 나왔다. 본래 할매는 성질이 급한 편이라 초인종 소리가 울리기 무섭게 뛰어나와 문을 열고 상대방 낯짝을 직접 확인하곤 했는데 오늘은 이상하다.

대문이 열리자 볼에 유난히 군살이 많은 특유의 그 얼굴이 놀란 표정으로 눈앞에 서 있다.

"저예요. 아시겠어요?"

"누구더라……"

시력이 갑자기 악화된 노인처럼 그녀가 뒤로 한 발짝 물러서며 내 모양을 살핀다. 그러더니 금방 손바닥을 딱 마주쳤다.

Everything was built according to the old land-
lord's taste, and I was reminded of him, though it
occurred to me that he might have passed away by
now. I pressed the buzzer. It buzzed a couple of
times and then I heard the plump, old landlady's
familiar voice.

"Who is it? What do you want?" she opened the
front door an inch and yelled through the crack.

"Auntie, please open the gate and see."

She came out, grumbling and dragging her feet. I
was surprised I didn't have to ring again before she
came out to open the gate and check who it was.

When the gate swung open and she emerged a
great look of surprise came over her face. Her
cheeks hung as fat and pale as I'd remembered.

"Do you remember me?" I asked.

"Well..." She took a step back and looked me up
and down.

"Ah, Mr. Lee!" she cried, clapping her hands to-
gether. "What brings you here? My memory must
be going but how could I fail to recognize you?
Come in, come in. I was wondering who you were
and I almost turned you away without finding out.

"오오라, 이씨로군. 아니, 이씨가 웬일인고? 내 정신 좀 봐, 이씨를 몰라보다니. 자, 들어오우, 난 또 누구라고. 하마터면 몰라보고 그냥 돌려보낼 뻔했네. 들어와요. 우리 집은 그 전처럼 늘 쓸쓸하고 조용하지 않수?"

"그렇군요."

마당의 조그만 정원 주변에는 화분들이 이십여 개 늘어서 있다. 제각기 종류가 다른 화초들이 그 화분들 속에서 자라고 있었는데, 죄다 금방 말라 비틀어질 것처럼 시들해 보인다. 나는 내가 기거하던 마당가의 별채 앞으로 다가섰다. 별채라면 방 하나, 부엌 하나만 단조롭게 서 있는 작은 건물이다. 손님을 두기 위해 따로 세워진 이 건물에서 나는 일 년을 생활했다. 헌 구두 한 켤레가 방문 앞에 놓여 있었다.

"누가 있군요."

내가 말하자 뚱보 할매가 계면쩍다는 듯 싱긋 웃으며 말했다.

"있어요. 세무서에 나가는 사람이라오. 지금은 방에 없어요. 지난달에 들어왔다오."

방의 옛 주인, 옛날 손님이 그 방에 다시 나타났을 때는 현재의 점유자에 대한 기묘한 반감을 품게 되는 모

Come in. The house is lonely and quiet now, but it's always been that way, hasn't it?"

"Yes, it has," I said.

A couple dozen flowerpots lined the small garden. These were filled with all kinds of flowers, but they looked withered and ready to fall off the stems. I headed towards a structure built apart from the main house, where I used to stay. It was a small, drab one-room affair with a kitchen. For a year, I had lived in that place, which was built expressly for renting. An old pair of shoes sat outside the door.

"Someone stays here now?"

She smiled awkwardly. "Yes, he works at the tax office and moved in last month. He's out now, though."

I suppose it's natural for anyone who has lived in a place and left it to feel some kind of antipathy toward whoever has taken over the premises. The old woman must have sensed it. Not that I expected it to remain unoccupied after four or five years. I wouldn't be surprised if a number of tenants had stayed there since. I felt a sudden urge to open the door. That was unthinkable, of course. I hadn't left anything in the room, hidden or otherwise, to war-

양이다. 할매도 그 기분을 이해하는 것 같았다. 그렇다
고 사오 년 동안 이 방이 비어 있으리라고 기대한 건 아
니다. 많은 손님이 거쳐 갔을 것이다. 나는 불현듯 방문
을 열어보고 싶었다. 물론 부도덕한 행위였다. 그 방 안
에 내가 감춰둔 것이 있을까? 유형의 어떤 물질이 있을
까? 흡사 그 속에 내가 쓰던 재떨이나 앉은뱅이책상, 그
런 것이 뒹굴고 있을 것만 같았다. 할매가 안채의 마루
로 가서 털썩 주저앉으며 말했다.

"이쪽으로 오시우. 내가 뭐 마실 거라도 갖다 드릴
까?"

"아닙니다. 그냥 앉아 계세요."

나는 그녀 앞으로 돌아왔다.

"할아버지, 지금 외출하셨나요?"

"아니, 우리 집 영감을 만나러 왔수?"

마치 감정이 말라버린 박제의 표면처럼 그 얼굴 표정
은 건조했다. 그녀는 본래 강건한 여자였다.

"뵙게 되면 더욱 좋지요."

"미안하우. 작년에 가셨답니다."

"돌아가셨다구요?"

"그렇다오. 이씨는 우리 집 영감이 위암을 앓고 있었

rant such an act. Still, I was curious if the ashtray and the low desk I'd once used were still there.

She moved to the wooden veranda of the main house and flopped down. "Come over here and have something to drink?"

"Please, you don't have to bother," I said, following her. "Is Uncle out?"

"No. Did you come here to see him?" Her face looked blank, as though she were a stuffed animal without emotions. She was a tough woman, I remembered.

"I would be delighted to see him."

"I'm sorry. He passed away last year."

"What?"

"He's dead, Mr Lee. Didn't you know he had stomach cancer?"

"I hadn't heard. He was fine when I was living here. In fact, I was the one with the stomach problems at the time, not him. I remember he loved coffee and would go to the basement coffee shop across the street every evening."

"Really? I had no idea. Well, he was diagnosed about two years after you left. Are you okay now?"

"I've fully recovered. I can drink alcohol and eat anything."

다는 걸 몰랐소?"

"그건 금시초문인데요. 제가 있을 때만 해도 아저씨는
아무런 탈이 없었죠. 위병을 앓았던 건 아저씨가 아니
라 저였어요. 커피를 좋아하셔서 저녁때마다 저쪽 길
건너 지하실 다방으로 커피를 마시러 다니시곤 했는
데."

"참 그렇네요. 그땐 몰랐던 일이로군. 그러니까 이씨
가 나간 뒤 이태나 지나서 병이 알려졌던가 그랬을 거
요. 이씨, 요즘은 거기 안 아파요?"

"전 다 나았습니다. 술도 마시고 뭐든지 다 먹어요."

"아이구, 다행이오. 젊은 사람이 뭣보다 건강해야지.
지금 생각나는데, 그땐 상을 방에 들여보내면 이씨는
밥 한 술도 뜨지 않고 상을 고스란히 내줄 때가 많았지.
정말 답답해서 볼 수가 없었다오. 근데 이젠 다 나았군.
병이 있던 이씨는 이렇게 건강한데 병이 없던 우리 영
감은 벌써 떠나버리다니."

할매는 치마폭으로 눈을 훔친다. 내 앞에서 처음으로
슬픔을 보인 셈인데, 나는 웬일인지 그녀가 한번 슬픈
척해 보는 것이라고 생각했다. 김유생 노인이 고인이
되었다는 사실은 별로 놀라운 일은 아니었다. 나는 이

"Good for you. Health is the most important thing, especially for a young man like you. Now that you mention it, I remember how you couldn't touch the meals I brought you most of the time. I felt sorry for you then. But you're better now. You used to always be ill but now you're alright. Meanwhile my husband who was always well is no longer with us. Strange, isn't it?"

She dabbed away at her tears with the edge of her skirt. It was the first time she had shown grief in my presence but I had the feeling she was just doing it for my benefit.

Actually, I wasn't that surprised that Mr. Kim Yoosaeng had died. The possibility had occurred to me on my way there. Still, the house seemed more forlorn and empty now that I'd confirmed his absence.

"Who lives there now?" I said, pointing to the room adjoining the house. Creepers grew across the wall, nearly touching the door. Mr. Kim had been a painstaking gardener and had managed to cultivate more than twenty kinds of flowers as well as help the creepers thrive.

"A female student. At least she says she's a college student, I can't be sure. She only goes out a

곳으로 찾아오면서 이미 그 가능성을 십분 예감했던 것이다. 그렇다곤 하지만 막상 그의 자취마저 이 집에서 사라졌다고 생각하자 집안이 더욱 적막하고 텅 비어버린 것 같았다.

"저 건너편 방은 누가 쓰고 있죠?"

나는 담장 옆에 바짝 붙어 있는 방을 손으로 가리켰다. 담벽에서 흘러내린 담쟁이덩굴이 그 방문 앞까지 뻗어 나와 이마를 맞대고 있다. 이십여 가지 화초를 가꾼 것도 담벽의 담쟁이덩굴을 무성하게 살린 것도 모두 김유생 노인의 꼼꼼한 성품이었다.

"건넌방엔 여학생이 묵고 있다오. 대학생이라는데, 학교에 나가는 날이 며칠 안 되니 뭐가 뭔지 알 수 없는 애랍니다."

할매는 금방 하숙집 아줌마의 냉랭한 표정으로 돌아가 그 방을 흘겨봤다.

"따님은 여태 집으로 돌아오지 않았나요?"

"아니, 성애를 어떻게 알지? 이씨가 우리 딸자식을 만나봤던가?"

"알고 있죠. 그때도 집을 나가 있었지만 가끔씩 나타나곤 했죠. 하지만 이젠 어머님을 혼자 사시게 버려둘

few days a week."

Her grief had passed and she stared coldly at the room now.

"Hasn't your daughter moved back?"

"How do you know my daughter? Have you met her?"

"Of course. She wasn't living here at the time but she showed up sometimes. Why hasn't she come back? How could she let you live alone like this?"

"Please don't remind me. She makes my blood boil and my bowels churn."

"Does she visit you sometimes?"

"Yes, she does. But she never listens. She wouldn't even hear of it when I ask her to move in. What do you think I should do?"

"Do you know where she lives?"

"Why? Would you try to talk to her? I can give you her address."

"Yes, please."

"What are you going to tell her?"

"That she should move in with you."

"Oh, I'd be indebted to you if you do. Let me get her address," she said, going inside.

I had no idea what had come over me. She returned with a piece of paper with a penciled ad-

수는 없을 텐데, 왜 돌아오지 않을까요?"

"아이구, 그년 얘길랑 하지도 마슈. 내 오장육부까지
다 뒤집어지고 쓰리고 아프기만 하니깐 말이우."

"가끔 집에는 나타납니까?"

"오긴 와요. 그런데 내 말은 듣지 않아요. 돌아와서 이
젠 애미하고 함께 살자고 해도 막무가내예요. 이걸 어
떡하면 좋수?"

"따님이 어디 사는지 아십니까?"

"왜, 한번 만나 보실래유? 내가 집 주소를 가르쳐 드
릴까?"

"가르쳐주세요."

"만나서 무슨 얘길 하려구?"

"어머님 옆으로 돌아와서 살라고 말하죠."

"아이구, 이씨가 그렇게만 해준다면 이런 고마울 데가
또 어디 있겠수. 자, 내가 들어가서 쪽지를 가져오리다."

할매는 방 안으로 들어갔다. 내가 무슨 생각으로 그런
제안을 했는지 알 수 없었다. 할매가 곧 나타나서 종이
쪽지 하나를 내 앞에서 펴 보였는데, 거기엔 연필로 몇
개의 숫자와 동네 이름이 적혀 있었다. 염리동 439의
245, 장봉래 씨 방 그뿐이다. 그밖에 아무것도 적혀 있

dress that consisted of a house number and neigh-borhood: Mr. Jang Bong-rae's house, Yeomri-dong 439-245. That was all.

"Did she write it out for you?"

"No, I took it from her bag while she was in the bathroom. She would never give me her address."

"Then, this might not be her address. It could be a friend's or a place where she left some belong-ings."

"I have a feeling it's her address. I think you'll see her if you go there."

"Okay, I'll go there if you say so. What's she doing now by the way?"

"Do you think I would be asking you to check on her if I knew what she's doing? I have no idea. She hasn't shown up for more than a half year. How could I know what she's been up to?"

"More than half a year?"

"Yes, half a year. She doesn't care at all how her old mother lives."

"All right, I'll see you again then."

She followed me outside the gate to see me off.

Mr. Kim Yoo-saeng liked talking to people when he was alive. He also liked to smoke and take walks, even though he had to use a cane. He par-

지 않았다.

"따님이 이걸 적어 드렸나요?"

"아니오. 내가 훔쳤소. 그년이 잠깐 자릴 비운 사이에 가방 속에서 내가 빼돌렸지. 애미에겐 절대로 저 있는 곳을 가리켜주지 않으니깐."

"그럼, 이게 따님 주소가 아닐 수도 있지요. 어떤 친구나 물건을 맡긴 가게 주소일지도 몰라요."

"그게 그년 주소일 거요. 거기 가면 틀림없이 그년을 만날 수 있으리라고 믿는데."

"알았습니다. 그럼 제가 한번 찾아보도록 하죠. 참고로 알고 싶은데 따님은 지금 무얼 합니까?"

"내가 무얼 하는지 알고 있다면 이러고 있겠소? 나는 그애에 대해 아무것도 몰라요. 벌써 나타나지 않은 지가 반년이 넘었소. 그러니 난들 그애가 무얼 하는지 알 턱이 없지."

"반년씩이나?"

"그래요, 반년. 이 늙은이가 뭘 해 먹고 사는지 그애는 관심도 없다오."

"알았어요. 그럼 다시 찾아뵙지요."

나는 그 집 마당을 빠져나왔다. 뚱보 할매가 대문 밖

ticularly liked visiting me in my room, always bringing with him a good supply of cigarettes. He knew I was always starved for a smoke. He would cough outside my door, and I would open it and invite him in.

As soon as he'd sit down, he'd pull out a pack of cigarettes from his inside pocket and set it down in front of me, which meant it was all mine to smoke. Without a moment's hesitation, I would pinch a stick from the pack and put it in my mouth, and he would light it with his old-fashioned lighter, saying, "How's everything going?"

He always glanced at the low desk each time he posed the question. Instead of answering him, I'd simply grin and rub the back of my neck. Mr. Kim would look at me knowingly and not ask any more questions. It was proof of his character that he always treated me like a human being each time he visited, even giving me free cigarettes despite the fact that I was a miserable freeloader and was two months behind my rent.

Perhaps it also helped that he had gone through similar hardships at one time, and even now still depended on the living his wife made offering board and lodging. He received his spending mon-

까지 나와서 나를 전송했다.

김유생 씨는 생전에 대담을 즐겨하였다. 그밖에도 끽연과 커피와 산책 따위를 즐겨했다. 산책을 할 때는 언제나 지팡이를 휴대했다. 그리고 그의 일과 중에서 이따금 내 방을 찾아오는 것도 그가 즐기는 일 중의 하나였다. 그는 늘 담배를 충분히 휴대하고 내 방을 찾아 왔다. 내가 궐련에 매우 궁핍을 느끼고 있다는 걸 노인이 알고 있기 때문이었다. 문 밖에서 노인은 으레 기침 소리를 한 차례 들려줬다. 그러면 나는 미리 알고서 문을 열고 그를 맞이했다.

노인은 방에 앉자마자 안주머니 속에서 담뱃갑을 꺼내어 내 앞에 던져놓았다. 피우고 싶거든 마음대로 피우라는 뜻이다. 나는 무례하게도 담배 한 개비를 노인의 담뱃갑에서 거침없이 꺼내어 피워 물었다. 노인은 구식 라이터를 꺼내어 불을 켜준다. 그리고 말했다.

"일 잘 되어가요?"

그는 질문과 동시에 방의 윗목에 놓여 있는 앉은뱅이 책상 위를 넌지시 바라본다. 나는 버릇처럼 대답 대신 피식 웃고 손바닥으로 목 언저리를 한번 어루만진다. 그래도 노인은 모든 걸 이해하겠다는 표정으로 더 묻지

ey for cigarettes, coffee, bus fare, and other expenses from her, so he must have known what it was like to have no income.

He seemed furious that day and told me that Seong-ae had left again, breaking her promise to him. It was on October 14 when she first left, abandoning her room on the other side of the house. When she showed up a week later, he gave her a good talking to and got her to promise to move back within three days. She did return in three days, but with much grumbling, and it wasn't long before she left again. This time, his wife was adamant that they let out the room. A few days later, a working woman made a deposit on the room and she showed it to him. They quarreled about it, and that was why he was furious.

He looked at me, unable to hide his disapproval of his wife's behavior. "It's good to make money, but I think the least a parent could do is to keep the room."

"Do you suppose she's coming back?"

"Coming back? I doubt it. She's not my child, but don't bet on it."

"Then whose child is she?"

"My wife's. Haven't I told you she's my second

않았다. 가난뱅이 식객, 식비가 두 달치나 밀려 있는 인간에게 공짜 궐련을 제공하고 그의 방을 이따금씩 찾아와서 그에게 사람대접을 하는 것도 모두 노인의 높은 식견 때문이다. 또 하나 이유가 있었다. 김유생 씨 자신도 사실은 나와 비슷한 한때를 보냈고, 지금도 아내의 하숙업에 생활을 의탁하고 있는 형편이다. 그는 담뱃값, 커피값, 그리고 이따금 외출할 때 필요한 교통비와 기타 잡비 일체를 뚱보 할매로부터 타서 쓴다. 그래서 수입 없는 사람의 처지를 노인도 잘 알고 있다.

그날은 몹시 속상한 일이 있었던 모양이다. 노인 말을 들으니 성애가 아비에게 한 약속을 어기고 다시 돌아가 버렸다는 것이다. 시월십사 일 그녀는 건넌방을 비우고 나가버렸다. 그리고 일주일 만에 나타났는데, 노인이 무단가출을 엄격히 견책하자 사흘 뒤에 귀가하겠다고 약속했다. 그러나 사흘 만에 나타난 그녀는 불평만 잔뜩 늘어놓고 다시 나가버렸다. 아내는 단호하게 건넌방에도 손님을 받아들이겠다고 말했고, 이튿날 진짜로 직업여성 하나로부터 계약금을 받아서 노인에게 보였다는 것이다. 그는 방금 그 계약금 때문에 아내와 다툰 것이다.

wife?"

"You never mentioned it. Why did you remarry?"

"My first wife died, and I married her ten years later."

"Is that her daughter's problem?"

"No, it can't be that. I treated her better than her mother, after all, or, at least, how her real father might have treated her. I never thought of her as anything but my own child."

"Do you know where she's staying now?"

"I have no idea. Do you suppose I would let her be if I knew? I would go to her right away and break her legs if I had just to bring her back. She knows very well that I can't do anything now since I am incompetent."

A few days later, I wandered out to the main road to buy a few cigarettes and who should I run into but Seong-ae?

If you headed out the alley and went up the steps to the main road, you'll find two women wearing cloche hats sitting next to a radio repair shop. One sold sweet potatoes roasted on a brazier, while the other sold steamed corn. Additionally, both of them peddled matches, gum, and individual cigarettes to add to their business.

"돈이 좋긴 하지만 방을 비워두는 게 부모의 도리가 아닌가."

노인이 아내의 소행에 어이없다는 듯 나를 쳐다본다.

"따님이 돌아오리라고 믿나요?"

"돌아오긴, 나도 믿지 않아. 바라지도 않고. 그년은 내 자식이 아니야."

"그럼 누구의 자식인가요?"

"아내가 데려왔지. 저게 내겐 후처란 말을 언제 내가 했던가?"

"아니오. 처음 듣는데요. 왜 후처를 맞아들였죠?"

"전처가 죽었다네. 십 년 만에 재혼했지."

"그래서 따님이 불평인가요?"

"그런 건 아니야. 난 제 친애비보다 제 애미보다 더 잘해줬어. 지금도 내 자식이 아니라곤 생각지 않고 있고."

"따님이 어디 있는지 알고 계시나요?"

"몰라요. 알고 있다면 내가 내버려두겠소? 당장 쫓아가서 다리를 분질러 놓더라도 데려오고 말지. 지금은 내가 무능해서 이러지도 저러지도 못한다는 걸 애가 알고 있지."

며칠 뒤에 내가 개비 담배를 사러 큰 길로 나갔을 때

I was one of their regulars—so much so that they'd even let me have a few cigarettes on credit, though there were also times when they wouldn't sell them piecemeal. One out of every two times I'd return home empty-handed.

I had just handed over four ten-*won* coins in exchange for smokes and was smoking one when I saw a woman duck into the alley beside a rice store some ten meters ahead. I clearly saw her green sweater. Who could she be? I walked toward the store and saw Seong-ae looking at me with a terrified expression, her body flat against the wall. She must have seen me haggling with the two women. I stood there feeling awkward. I never had a chance to talk to her properly. Though we'd been living within the same compound for a few months, I was usually in my room whenever she stepped out of hers. I was actually a little surprised she even recognized me. I guessed she was afraid I would inform her father. She must have sensed otherwise though because after a moment, she emerged, stepping almost gingerly from the alley.

"Come here, will you, Mr. Lee?" She gestured to me, breaking into a wide grin, as though we'd known each other for a long time.

나는 뜻밖에도 성애를 만났다. 골목길을 빠져나가 계단을 올라가면 큰길이 나오고 바로 라디오 수선 가게 옆자리에 두 명의 아줌마가 벙거지를 뒤집어쓰고 앉아 있다.

그들이 나의 단골 거래처다. 한 사람은 군고구마 화덕을 안고 있고, 한 사람은 삶은 옥수수가 주된 업종이다. 그러나 두 사람 모두 성냥, 개비 담배, 껌 따위를 부업으로 취급하고 있다. 나는 아줌마들로부터 외상 거래도 할 수 있을 만큼 얼굴이 익은 처지지만 개비 담배는 언제나 있는 게 아니다. 두 번에 한 번은 허탕치기 마련이다.

십 원짜리 동전 네 개를 내고 담배 다섯 개비를 받아 쥔 나는 우선 한 개비를 피워 물고 연기를 뿜어내며 큰길을 걸어갔다. 그때 십여 미터 전방에 있는 쌀가게 옆 골목으로 웬 여자가 몸을 감췄다. 초록색 스웨터의 빛깔이 선명하게 시야에 남았다. 누굴까? 나는 쌀가게 앞으로 걸어갔다. 골목 속에서 성애가 벽에 찰싹 몸을 기대고 겁먹은 눈초리로 이쪽을 보고 있다. 그녀는 내가 아줌마로부터 거래하는 광경을 죄다 훔쳐보았음이 틀림없다. 나는 멋쩍어서 행길 바닥에 우두커니 서 있었다. 성애와는 여태까지 제대로 말을 주고받은 일이 없다. 몇 달 정도 한 울타리 안에서 살았지만, 나는 언제나

"I suppose my father's home now?"

"Perhaps."

"Oh God, what should I do then? I can't go there now and I don't have much time." She frowned and looked ready to cry.

"Why, what's the matter?"

"When I came last time, I told them I would take my bag, but I forgot to. So I came today to get it, but..."

I realized what she was driving at.

"Where did you put it?"

"In the attic of my room. Could you please bring it for me?"

"That won't be easy. How can I go into your room? They might think I'm a thief."

"Ha-ha, no such thing will happen! Would you do it for my sake, Mr. Lee? I'll buy you a cup of coffee. You like coffee, don't you? Please do it for me just this once."

"Where do I meet you?"

"I'll be waiting at Swan Coffee Shop on the second floor over there up the sloping road. You will bring it, won't you?"

"Wait for me there."

Smiling oddly, she spun on her heels and ran

방 안에 있었고 성애는 언제나 집 밖으로 돌아다녔다. 그녀가 내가 누군지 알아보는 것만으로도 다행이다. 그녀는 내가 자기 부친에게 그녀의 출현을 밀고할까봐 겁먹은 모양이었다. 잠시 후에 그녀는 약간 마음이 놓였는지 골목에서 천천히 나왔다.

"아저씨, 일루 좀 와봐요."

전부터 친했던 사이처럼 과장된 표정으로 그녀가 내게 손짓했다. 내가 어슬렁어슬렁 다가서자 성애가 물었다.

"아버지 집에 있죠, 지금?"

"계실 거요."

"그럼 어쩌나, 시간이 없는데, 그냥 돌아갈 수도 없고."

미간을 찌푸리며 별다른 수치심도 없이 내게 우는 얼굴을 내민다.

"왜 그러오? 뭐 곤란한 일이라도 생겼나요?"

"그래요. 요전번 왔을 때 가방을 찾아간다고 했는데, 깜박 잊어 먹었거든요. 그래서 그걸 찾으러 왔어요. 하지만……."

나는 얼른 눈치를 채고 말았다.

briskly up the steep road. What had I gotten myself into? I was flagrantly betraying the old man. Was it the effect of her smile spreading across her pale face? Anyway, it was too late—I couldn't break my promise. I went back to the house and checked if anyone was outside. The couple always stayed indoors because of the cold and it didn't take me long to enter her room and get the yellow vinyl bag. I slipped out, crossed the yard and stole out the gate.

It was dark and filled with smoke inside the coffee shop. Loafers and day laborers who couldn't find work for the day had made themselves at home on the sofas. They were talking loudly or were dozing off. Seong-ae sat by the counter, chatting with the owner like they knew each other well. She got up when she saw me come in.

"Thank you so much, Mr. Lee! I'll make it up to you, I promise."

I had no idea what she meant. I sat down opposite her without a word.

"Coffee, please!" she called to the owner.

"You're lucky they didn't see you. Thank heavens I bumped into you, or I'd have wasted my time. Please have some coffee."

"가방을 어디다 두었소?"

"내 방 다락에 있어요. 아저씨가 좀 갖다 주시겠어요?"

"그건 곤란해. 내가 아가씨 방을 어떻게 들어가겠소? 까딱하면 난 도둑으로 몰릴 위험이 있다구."

"호호호, 설마 그러기야 할라구요. 눈 딱 감고 한 번만 수고해주세요. 아저씨, 커피 마시고 싶죠? 제가 커피 사 드릴게요. 딱 한 번만 수고해주셔요."

"어디서 기다리겠소?"

"저기 비탈길 이층 백조 다방에 있겠어요. 갖다 주시는 거죠?"

"기다려봐요."

그녀는 이상야릇한 웃음을 내게 흘려보내고 재빨리 돌아서서 비탈길로 껑충껑충 뛰어 올라갔다. 나는 어째서 공모자가 되었을까? 이건 노인에 대한 공공연한 배신이다. 성애의 새하얀 살결 위에 피어오르는 갑작스런 웃음의 매력에 끌린 탓일까? 하지만 약속을 어길 수는 없는 일이다. 나는 그 집 마당으로 돌아와서 인기척을 살폈다. 노인 내외는 바깥 날씨가 차가운 탓인지 안방에 내내 갇혀 있다. 성애의 방으로 들어가서 노오란 비

As my eyes adjusted to the dim lighting, I could see her face more clearly. She wasn't pretty but had an air of simple innocence about her that would appeal to any man—even though she was dressed no differently from the women who worked in factories. I took a sip of coffee and asked her, "Mr. Kim is terribly upset. Why are you doing this?"

"Why? That's a stupid question. I hate living there, that's all. I hate the house, and I hate both of them."

"He's a good man. I heard he used to practice calligraphy and painting."

"What does that have to do with me? What I want is for him to die as soon as possible so when they sell the house I can get my share. Right now, it's impossible to sell the house because of him."

"But your mother will oppose the sale."

"I'll persuade her."

"Do you hate your father?"

"Hate? I don't know what that means."

"Then you know he means well. What else does he want but to urge you on to the right path?"

"What do you mean by 'right path'? That's bullshit. Do you really think the old man lives by the right path? My mother told me he's never made a penny

닐 가방을 끌어내는 데 그닥 많은 시간을 필요로 하지
않았다. 발소리를 죽여 마당을 지나 나는 용케도 흔적
없이 대문을 빠져나왔다. 백조 다방의 실내는 어둡고
담배 연기로 자욱하였다. 동네의 건달들과 그날 작업을
맡지 못한 일꾼들이 여기저기 의자에 푹 파묻혀서 큰소
리로 떠들거나 눈을 감고 졸고 있었다.

성애는 마담과 구면인지 카운터 옆자리에 앉아서 마
담과 얘기를 하고 있다가 내가 들어서자 벌떡 일어섰다.

"아저씨, 정말 고마워요. 내가 이 은혜는 틀림없이 갚
을게요."

그녀의 말이 뭘 뜻하는지 나는 알 도리가 없었다. 나
는 잠자코 그녀의 맞은편에 앉았다.

"여기 커피 한 잔 줘요."

그녀가 큰소리로 마담에게 말했다.

"용케 들키지 않고 다녀오셨네요. 아저씨를 만났기에
망정이지 그렇지 않았다면 허탕칠 뻔했지 뭐예요. 자,
커피 드세요."

실내의 조명에 점점 익숙해지자 내 앞에 앉아 있는
여자의 윤곽이 처음으로 분명하게 드러났다. 미인은 아
니지만 어딘지 백치의 청결함 같은 것이 엿보여서 누구

his whole life."

"You must be kidding. How'd they buy the house then?"

"I'm serious. Why would my mother lie to me? I don't know about the house, but he must have inherited it or something. Or maybe my mom bought it herself with the money she made letting out the rooms. He's never made a penny. I have to go now. I'm busy. See you around."

She got up abruptly and left the coffee shop with her bag. I didn't even have time to say goodbye.

The landlady was furious when she discovered her bag was gone. She made the discovery immediately the next day because she checked her daughter's room every day.

"Mr. Lee, did my daughter drop by, by any chance, while I wasn't here? I suppose you didn't notice anything since you're always in your room."

"You mean your daughter was here? I had no idea," I managed to keep a straight face.

"It's strange. How could she come and go like that unless she has wings?"

"Was there anything precious in the bag?"

"No, just a few decent winter clothes I could have used. But I was keeping the bag there as a bait to

나 쉽게 탐낼 것 같은 여자의 얼굴이었다. 하지만 성애의 옷차림은 이 동네에서 공장에 출근하는 여자들의 의상과 그저 비슷비슷하였다. 커피를 맛있게 마신 뒤 내가 그녀에게 물었다.

"영감님이 몹시 화내고 있어요. 왜 집을 나가려고 하는 게죠?"

"왜냐구요? 참 답답한 질문을 하시네요. 집이 싫으니까 나가죠. 집도 싫고 영감 할매도 모두 싫다구요."

"영감님은 좋은 분이라고 생각해요. 옛날엔 글씨도 쓰시고 그림도 그리셨다죠?"

"그런 게 나와 무슨 상관이에요? 내가 바라는 건 하루 빨리 영감이 죽어버리는 거예요. 영감이 죽고 나면 집을 팔 수 있고, 그렇게 되면 나도 가게 하나 차리겠어요. 지금은 영감 때문에 집을 못 팔아요.

"할머니도 반대하실 걸."

"할머니는 내가 구워삶을 수 있어요."

"아버지를 증오하나요?"

"증오라구요? 난 그런 건 몰라요."

"그렇다면 아버님 생각이 옳다는 것도 알 수 있을 텐데. 아버님은 따님이 옳게 살기를 바랄 뿐 뭐 다른 생각

lure her back and get her to stay home. Now she won't come back anymore."

I felt her eyes boring into me. I didn't think she was suspicious of me, but still I felt queasy. I wondered if I should confess that I'd betrayed her and her husband for a cup of coffee. Of course she would kick me out instantly. How could she forgive the fact that I would betray them even though I already owed them deeply for my back rent? Mr. Kim also stood firm on matters regarding his daughter. He might regret it, yes, but he would still show me the door. So I decided to keep mum.

In fact, I continued my betrayal of them, getting to know Seong-ae better after my stomach got worse. My stomach problem was pretty bad then. At least that was what the doctor said. I had hardly had anything except milk and water for nearly a month when I went to get X-rays. If there was anything good about my sort of life, it was that I didn't have to feel so guilty for not paying rent for several months. For about a month now, I had scarcely touched the food the landlady prepared for me so she couldn't bring herself to ask for the

이 있겠어요?"

"옳게 사는 게 뭔데요? 참 딱한 말씀만 하시네. 영감님은 그게 뭐 옳게 사는 건가요. 그 양반은 평생 한 푼도 벌지 않았다오. 난 엄마한테서 들었어요."

"설마, 그럼 이 집은 어떻게 생겼소?"

"사실예요. 엄마가 뭐 거짓말을 했을까봐. 집은 모르겠어요. 아마 물려받은 유산 찌꺼기, 그쯤 되겠죠. 아니 엄마가 손님 밥해 주고 모은 돈으로 마련했을지도 몰라요. 영감은 한 푼도 가져오는 걸 못 봤으니까. 나 바빠서 갈래요. 그럼 또 봐요."

성애는 갑자기 일어나서 가방을 들고 다방을 나가버렸다. 변변하게 작별 인사도 나눌 겨를이 없었다.

뚱보 할매는 딸의 방에서 가방이 없어졌던 사실을 발견하고 노발대발했다. 그녀는 매일 딸의 빈 방을 점검했기 때문에 그 사실은 다음 날 즉각 발견되었다.

"이씨, 그년이 혹시 나 없는 사이에 다녀가는 걸 봤수? 당신은 종일 방 안에 틀어박혀 지내니까 다 알 것 아니우?"

"따님이 다녀갔다구요? 난 그런 사실은 전혀 모르는데요."

rent.

All she could say was, "Mr Lee, did the medicine you took last night help?" Or, "Would you like some egg porridge when you feel better?"

That was all. What sort of person would she be if she were to ask a guy with his clothes hanging off him like a skeleton to pay his bills?

Anyway, I decided to get an X-ray. At the doctor's instruction, I took off my top and lay flat on my stomach on the X-ray machine. It was cold and impersonal. I had to change positions on the thing a few times as instructed by the doctor and it was nearly half an hour before I was allowed to slide off. When I came back to the hospital two days later, the doctor wasn't there. A nurse gave me a giant envelope containing my X-ray films and records.

"You have a drinking problem, right?" the old nurse said. She looked at me with pity.

"No, I hardly drink, in fact."

"Anyway, you've obviously been hard on your stomach," she said insistently.

I began to feel alarmed, "Is it that bad?"

"That's not for me to say. The doctor wrote something there. Oh, and I almost forgot this. He

시치미를 떼고 나는 할매로부터 외면했다.

"이상하다. 이년이 날개가 있어 날아다녔을 턱도 없는데 말이지. 어느 사이에 다녀갔을까?"

"그 가방 속에 무슨 귀중품이라도 들었나요?"

"귀중품? 그런 건 없소. 하지만 쓸 만한 겨울 옷가지가 들어 있다우. 그대로 있다면 나도 꺼내어 입을 옷이 그 속에 들어 있어. 하긴 그까짓 옷가지보다도 딸년이 그걸 가지러 나타날 테니까 그땐 꼭 붙잡아 두려고 했는데 이젠 영 나타나지 않을 것 아니우?"

나를 바라보는 할매의 눈초리가 왠지 무섭다. 설마 나를 의심하지는 않겠지만 나는 몹시 속이 거북했다. 고백해버릴까? 커피 한 잔에 매수되어 노인 내외를 배신했다고 고백해버릴까? 그렇게 되면 할매는 나를 당장 쫓아낼 것이다. 식비도 몇 달치씩 밀린 주제에 그런 배신 행위까지 저지른 나를 용서하지 않을 것이다. 김유생 노인이라면 어떨까? 그 노인 역시 딸에 관한 일이라면 매우 완강하다. 안됐지만 나가 달라고 말할 것이다. 나는 그래서 입을 꼭 닫기로 했다.

내가 성애와 좀더 친하게 된 것은 나의 위장병이 더욱 악화된 뒤의 일이다. 말하자면 그때 내 위장은 결정

left a letter for you, referring you to a surgeon." She handed me a business card.

"What am I supposed to do?" I asked, half rising after taking the card.

"Have surgery."

"Surgery? What kind of surgery?"

"They have to cut away part of your stomach. The sooner the better. If you look at those, you'll see that your stomach and duodenum are the worst. So the sooner the better." She got up and disappeared inside.

I walked down the stairs. The business card had the name of surgeon from a university hospital written on it. I suppose he was an expert at slicing into people's abdomens and cutting out their bowels. I tore up the card and scattered the pieces on the street before hopping on a bus back to Nongol.

"What did the doctor say?" Mr. Kim was watering his flowers and came running to me as soon as he saw me enter the gate. He knew I had gone in for an X-ray.

"He said nothing's wrong with me, I just have to be careful with food and I'll be fine."

"Of course, you'll be. It's probably psychological.

적으로 악화되어 있었다. 이건 물론 엑스레이 전문 의사의 결론이지 내 결론은 아니다. 나는 한 달 가까이 거의 음식을 먹지 못하고 물이나 우유만 마시고 지내다가 어느 날 엑스레이 전문의를 찾아갔다. 음식을 먹지 못하는 생활에도 편리한 점은 있었다. 식비를 몇 달치씩 밀린 뚱보 할매에 대한 죄의식에서 약간 벗어날 수 있다는 점이다. 한 달 동안 거의 그 집 음식에 손대지 않았기 때문에 뚱보 할매는 식비를 재촉할 엄두조차 내지 못했다. 그녀가 그 무렵에 기껏 내게 하는 얘기란

"어때, 간밤에 먹은 약 효험이 좀 있수?"라든가

"속이 어지간하면 계란죽이라도 좀 쑤어 드릴까?"

기껏해야 이런 정도였다. 뼈다귀만 남은 등신으로 힘겹게 마당을 어슬렁어슬렁 거리는 사내에게 어떻게 식비 재촉을 할 수 있단 말인가?

아무튼 나는 결단을 내리고 병원으로 찾아가서 의사의 지시대로 상반신을 온통 벗어 젖히고 엑스선 촬영기 위에 납작 엎드렸다. 기계는 비정하고 딱딱했다. 나는 그 기계 위에서 의사의 지시에 따라 여러 가지 자세를 취했다. 그리고 거의 삼십 분이나 기계와 씨름한 끝에 촬영기 위에서 내려왔다. 이틀 뒤 내가 병원에 나타났

Your disease is in the head, not in the stomach. I'm glad the results were good."

He continued watering his flowers. He was very healthy at the time. Of course the cancer was probably growing in his stomach even then, but he could still enjoy coffee and cigarettes without res- ervations.

That evening, Nongol's unnerving silence sud- denly frightened me. Nongol was geographically isolated—you had to climb a high pass to get there so there were few cars in the area. So evenings in Nongol could be as forlorn as they were in rural mountain villages. I ignored the doctor's words, but it didn't change my condition. In fact, the more I tried to put it out of my mind the more real it felt.

There was a church on top of the pass going to Nongol. Each time I went by the makeshift building of concrete blocks it reminded me of an empty house. You didn't go there looking for people; hardly anyone came in and out of the building. I suppose Nongol's residents were too busy making a living to seek solace in God. Or maybe it's that you can't really find God in an empty building. That's

을 때 의사는 부재중이었고, 담당 간호원이 내게 엑스
레이 필름과 촬영기록부가 담긴 큰 봉투를 주었다.

"술을 많이 하셨군요? 그렇지요?"

나이 지긋한 늙은 간호원이 매우 동정어린 눈초리로
환자를 쳐다보며 물었다.

"아뇨. 술 같은 거 많이 마신 일이 없는데요."

"아무튼 위장을 지독히 혹사시킨 것만은 분명해요."

그녀는 단정적으로 말했다. 뭔가 이상한 위험 신호를
직감하고 내가 물었다.

"아니, 결과가 아주 나쁜가요?"

"난 자세히는 몰라요. 선생님이 거기 써놓았을 거예
요. 참, 이것, 선생님이 외과 의사에게 소개장을 써놓았
군요. 찾아가 보시래요."

그녀가 명함 한 장을 내게 준다.

"찾아가서 뭘 합니까?"

명함을 손에 받아들고 엉거주춤 서서 내가 반문했다.

"수술 받아야죠."

"수술? 어떤 수술인데요?"

"위장 제거, 그 비슷한 수술이겠죠. 빠를수록 좋아요.
거기 보시면 알겠지만 손님은 위장, 십이지장, 모두 최

why it struck me as nothing more than a deserted house.

But for some reason, I found myself climbing the pass and standing in the desolate churchyard. Sick people always came looking for God. I sat on a pew and plucked up the courage to tell Him about my medical results. The wooden floor was as cold as ice and there was no heating. There were about a dozen churchgoers scattered around, reading the Bible aloud or praying with their eyes closed. The evening service was more boring and monotonous than I expected. A middle-aged woman, who must have been the minister, gave a long sermon about the need to renew the church. According to her, its scant membership was a symptom of the people's lack of faith. The churchgoers hung their heads guiltily throughout the sermon.

But God's punishment was reserved for me. After the service, I slowly made my way outside and found my shoes missing. I searched every nook and cranny of the shelf, but to no avail. I circled the church and scanned the yard barefoot. All the churchgoers had left and my shoes had vanished. I was still waiting for them to just appear like some kind of miracle when the minister appeared on the

악이에요. 그러니 빠를수록 좋지요."

간호원은 일어나서 안으로 들어가 버렸다. 나는 할 수 없이 계단을 내려왔다. 명함에는 모 대학병원 외과 의사의 이름이 적혀 있었다. 그가 배를 갈라내고 창자를 도려내는 명수인 모양이었다. 나는 명함을 찢어서 길바닥에 버렸다. 그리고 버스를 타고 논골로 돌아왔다.

"병원에서 뭐라고 합디까?"

마당에 들어서자마자 화초에 물을 뿌리고 있던 김유생 노인이 달려와서 물었다. 그도 내가 엑스레이를 찍었다는 것을 알고 있었다.

"아무렇지도 않답니다. 그저 음식만 조심하면 곧 나을 거래요."

"그럼 그렇겠지. 그건 아마 신경성이야. 당신 병은 위장에 있지 않고 머리에 있어. 결과가 좋아서 다행이요."

노인은 다시 화초에 물을 뿌리기 시작했다. 그때만 해도 노인은 아주 건강체였다. 사실은 이미 그때 암을 자신의 배 속에 기르고 있었던 게 틀림없지만 그는 끽연과 커피를 제한 없이 즐기고 있었던 것이다. 저녁나절이 되자 논골 특유의 정적이 나는 갑자기 무서웠다. 지형상 이 마을은 하나의 독립된 분지였다. 높은 고개를

porch.

"Anything the matter?" she said. She was wearing eyeglasses.

"Somebody took my shoes."

"What? Did you check the shelf?"

"Yes, I did."

"That's impossible. Nothing of that sort has happened here before. Have you looked in the yard?"

"They aren't there either."

"That's odd. Do you see any other shoes?"

"There's a pair of white rubber shoes. Can you check if the owner is still inside?"

"They've all left. Nobody's there. Are you sure these are not yours?"

"No, mine are black. This pair's owner must have taken mine. What should I do?"

"I'm sorry. Is this your first time here?"

"That's right."

She smiled. "See? God must be testing you. He's testing you to see if you'll come to church again. Just put on this pair first. Next time you come, you'll get your shoes back. It's God's will."

The rubber shoes were slightly larger than my size. I left the church, dragging them along. God's test? Did this mean He didn't care about my X-ray

넘어야만 이곳으로 돌아올 수 있으며, 좀처럼 자동차는 여기까지 넘어오지 않았다. 그래서 저녁 무렵의 논골은 마치 시골의 산골처럼 적막하다. 나는 의사의 선고나 충고를 묵살했지만, 그렇다고 그 사실 자체가 지워지는 건 아니었다. 사실을 표면으로 나타내지 않을수록 나 자신 속에서 더욱 그것이 명료하게 살아 있었다.

논골의 교회당은 고개 마루턱에 있었다. 블록으로 세운 이 엉터리 건물 앞을 지날 때마다 나는 늘 사람이 살지 않는 빈집을 연상했다. 그곳은 언제나 사람이 별로 없었다. 드나드는 사람도 거의 보이지 않았다. 논골의 주민들은 생계유지에 너무 바빠서 신을 찾아갈 짬도 없을 것이다. 비어 있는 집에는 동시에 신이 머물지도 않을 것이다. 그 집이 내 눈에 비어 있는 폐가처럼 보인 것도 그 때문일지 모른다. 그런데 갑자기 나는 고개로 올라가서 그 을씨년스런 교회당의 마당으로 들어갔다. 병든 자가 신을 찾는다는 것은 예나 지금이나 정한 이치다. 나는 당돌하게도 그 교회당의 마룻바닥에 앉아서 그날 의사로부터 받은 촬영 기록부에 관해서 얘기할 생각이었다. 마룻바닥은 냉돌처럼 차가왔고, 실내에는 난방 기구 하나 비치되어 있지 않았다. 겨우 여남은 명의

results? My heart sank. But then who should I run into but Seong-ae as I was coming down from the church! She was carrying a bundle and she seemed to be in a hurry. She froze.

"Oh my gosh! What brings you here?"

"I went to the church."

"What for?"

"To attend the evening service."

"I didn't know you were the churchgoing sort."

"No, today was my first time, and probably the last too."

"Ha-ha, why the last time? You can keep going if you like."

"There must be thieves in the church, somebody took my shoes. Look, I'm wearing someone's else's rubber shoes."

"God! It'll take a few months to buy a new pair. Don't go to that place again. You look quite worn out too. Has your stomach problem worsened?"

"It's all right."

"I have nowhere to go. I lost my room, it's getting colder and I have no money left. So I'm headed home now, though I won't be staying long. Are the old folks okay?"

"Yes, they'd be happy to see you."

교인들이 띄엄띄엄 앉아서 소리내어 성경을 읽고 있거나 눈을 감고 기도하고 있었다. 저녁 예배는 예상보다 단조롭고 싱거웠다. 목사인 듯한 중년 여자가 강단 위에서 오랫동안 이 교회당의 부흥에 관해서 설교하고 있었다. 그녀는 이 교회당에 신도들이 모이지 않는 첫째 이유가 거기 모인 사람들의 믿음이 부실하기 때문이라고 공박했다. 여남은 명의 신도들이 마치 죄인처럼 머리를 조아리고 그녀의 질책을 듣고 있었다.

그런데 정작 진짜 신의 노여움은 나중에 일어났다. 예배가 다 끝났을 때 나는 어슬렁거리며 바깥으로 나왔다. 그때 내 구두가 없어졌다는 사실이 판명되었다. 신발장을 아무리 뒤져봐도 내 구두가 보이지 않았다. 나는 교회와 마당을 맨발로 한 바퀴 돌아보았다. 신도들은 모두 떠나고 신발의 행방은 막연하였다. 내가 거기서 그렇게 서성거리고 있을 때 여자 목사가 천천히 현관으로 다가왔다.

"무슨 일로 그러세요?"

하얀 안경을 쓰고 있는 목사의 얼굴이 내 눈앞에 가까이 있었다.

"구두가 없어졌소."

"I doubt it. I'd be lucky if they don't kick me out. Is my room still vacant?"

"Somebody's renting it, I forgot to tell you. Your mother took a lodger about a week after you left. You know they can't afford to let a room go idle like that."

"But only one week after I left... That's too much! Who's the lodger? A man or a woman?"

"A woman. She sleeps in the day and goes to work at night."

"She must be a hooker. Anyway, who can't use a vacant room? I guess I have to go back."

"Go back where?"

"Anywhere."

"Anywhere? No, just go home and talk with your mother first..."

"I don't want to talk to her! I was wrong about coming back. I was just planning to stay for a few days, but there's no point since the room's taken."

"Mr. Kim won't let me get away with this if he learns about this. He'd be angry with me for not dragging you back home. Why don't you take a walk with me if you don't feel like coming home right now?"

"Where to?"

"뭐라구요? 신발장을 다 찾아봤나요?"

"찾아봤어요."

"그럴 이유가 없지. 여기서 도난 사고 같은 건 일어난 일이 없는데, 마당을 한번 샅샅이 찾아봐요."

"마당에도 없어요."

"그거 이상하군. 다른 신발도 보이지 않소?"

"하얀 고무신 한 켤레가 여기 있어요. 이 사람이 교회당에 남아 있는가 알아봐주세요."

"모두 나갔소. 이 신발 임자는 없어요. 이게 당신 신발 아니오?"

"아니오. 내 신발은 검정색 구둡니다. 이 친구가 자기 신발 대신 내 구두를 신고 갔군요. 어떡하죠?"

"안됐소. 오늘 여기 처음 나오는 거죠?"

"네, 그렇습니다."

그러자 여자 목사가 빙그레 웃으며 말했다.

"그것 보세요. 하나님의 시험입니다. 댁이 다시 여기 나오나 안 나오나 그걸 시험하는 거예요. 우선 이 고무신을 신고 가세요. 그리고 다음번에 나오시면 구두를 찾아 드릴 수 있을 거예요. 하나님의 뜻이에요."

고무신은 내 발보다 다소 컸다. 그걸 끌고 교회당을

"There's this place I go to when I feel down. I haven't eaten properly for more than a month so even speaking is an effort, but I think I can go for a walk."

"Oh my! What's wrong with you? Do you have a lot of things on your mind?"

"No, nothing like that. I think I'm just imagining it, but the doctor said otherwise."

"What did he say?"

"Don't worry about it. Let's go."

We took the main road in central Nongol and arrived at the foot of a tall hill on one side of the village. The hillside was covered with houses that one could reach through the alleys that branched from the slope snaking up around the hill. Seen from the village road, the houses on the hill glittered like stars in the night sky. They were countless.

"Where'd you say we're going?" Seong-ae said, her voice anxious.

"To paradise."

"Paradise? Where's that?"

"There at the top. Follow me and you'll see."

"Is there a church there too? Is that where you're taking me?"

"No, there's no church there. There's no need for

빠져나왔다. 하나님의 시험? 그러니까 하나님은 내 위장에 대한 촬영 기록부 따위는 아직 거들떠보지도 않았다는 말인가? 나는 적이 실망하지 않을 수 없었다.

공교롭게도 그때 교회당을 빠져 나오다가 나는 고개를 넘어오는 성애와 마주쳤다. 그녀는 보따리 하나를 옆에 끼고 허둥지둥 걸어오다 나와 마주치자 깜짝 놀라 그 자리에 우뚝 서 버렸다.

"어머, 어디서 나오시는 거죠?"

"교회당에서."

"거긴 뭘 하러 가셨어요?"

"저녁 예배에 참석하려구요."

"전부터 다녔어요?"

"아니오. 오늘이 처음이오. 그리고 마지막일지도 모르오."

"호호호, 기왕 다니면 계속 다니시지 왜 마지막이에요?"

"구두를 잃어버렸어요. 이 교회당엔 도둑놈이 많아서 안 되겠어요. 이거 보시오. 남의 고무신을 신고 나왔소."

"저런! 구두 한 켤레 마련하려면 또 몇 달을 기다려야 겠네요. 그까짓 예배당엔 가지 마세요. 몸이 무척 수척

paradise in heaven. It can be on earth too."

"You're just talking nonsense because you're hungry. You'd better have something."

"I can't."

"Why don't you have some milk then? I have enough money for that, at least."

"No, thanks."

I went ahead and walked up the hill. She followed me hesitantly, carrying her bundle. On either side of the slope were shops that sold all sorts of goods, from rice to groceries to radios. There were also laundry shops and the like. Many of them had closed early because of the cold weather. The higher up we went, the steeper the slope and the stronger the wind.

She was panting by the time we were halfway up the hill so we decided to take a breather. The residents passing by stole glances at us. Maybe they thought we were a young couple bound for our new place on top of the hill. Actually, I was imagining the same thing. That wouldn't be such a bad thing, if there was indeed a place waiting for us somewhere at the top, and if we were indeed a couple. But a blast of cold air knocked me back to my senses.

해진 것 같군요. 더 많이 아팠어요?"

"그만저만 했어요."

"갈 곳이 없어요. 방을 뺏겼어요. 날씨는 추워지고 돈은 없구 할 수 없이 기어들어오는 거죠. 하지만 곧 다시 갈 건데요, 뭐. 참 영감 할매 다 건재하죠?"

"네, 들어가면 좋아하실 거요."

"아니에요. 다시 쫓아내지나 않았으면 다행이지요. 내 방은 비어 있는 거죠?"

"손님이 있어요. 그 얘길 내가 미처 못했군. 그러니까 생애 씨가 나간 지 일주일 만에 할머니가 손님을 넣었어요. 살림은 어렵고 방을 비워 둘 이유가 없지요."

"아니, 그렇다고 일주일 만에…… 너무하군요. 손님이란 누구예요? 여자? 남자?"

"여자예요. 낮에는 잠을 자고 저녁때면 직장에 나가더군요."

"갈보를 넣었군요. 하긴 비어 있는 방에 누군들 못 들어올까? 다시 돌아가야 할까 봐요."

"어디로 갈 건데요?"

"아무 데나 가야죠."

"아무 데라니, 그러지 말고 집으로 가요. 가서 엄마와

"Tell me about this paradise," she said. I had clearly made her curious.

"Did you ever hear the drums around here?" I asked her.

"Of course, I have. Why, do you hear them now?"

"I've been hearing them a lot. I'll be sleeping or sitting around in my room with nothing to do, and I'll hear the sound of drums all of a sudden. They seem to come from far away. Even now I think I hear it. That's why I asked you."

"What does that have to do with paradise? What do you mean by paradise?"

"Let's go see for ourselves. Since coming to this village, I've fallen ill and gone broke, so lately I've been prey to strange thoughts. It seems to me that whoever comes to this village is doomed to help-lessness and poverty. I want to get out of here like you. But it's not easy."

"That's because people who are already poor come to live here. Look around, you won't see any rich people around here. Even my old man who hasn't made a penny his entire life is better off than most in this neighborhood. If you leave Nongol – you'll find a completely different world."

"Is that why you left home? Or did you have a

의논해서……."

"할매하고 의논 따위 해서 뭘 해요. 나 들어가고 싶은 맘 싹 없어졌어요. 어차피 며칠 신세지려고 했더랬는데, 방마저 없다면 가야죠."

"할아버지가 이 사실을 알면 나를 가만두지 않을 거요. 끌고 오지 않았다고 화내실 거라구요. 당장 들어가기 싫으면 나하고 산보나 하다가 들어가죠."

"어디루요?"

"답답할 때 내가 가는 곳이 있어요. 난 한 달째 음식을 못 먹었답니다. 말할 힘도 없지만 산보는 할 수 있어요."

"저런! 뭣 땜에 그렇게 아픈가요? 고민이 많은가요?"

"그런 건 없어요. 신경성인 것 같은데 의사는 그게 아니라고 해요."

"의사가 뭐라고 했는데요?"

"성애 씨가 알 필요 없어요. 자, 갑시다."

우리는 논골의 중심지에 있는 큰길을 따라가다가 마을 한쪽에 있는 거대한 야산의 비탈길 입구까지 다다랐다. 야산에도 가옥들은 있었다. 비탈길이 야산을 기어 올라 갔으며, 그 비탈길로부터 수많은 골목들이 뻗어 있어 야산 위의 가옥들과 연결되고 있었다. 밤하늘의

boyfriend?"

"Boyfriend?" She laughed.

"Do you think a girl with a boyfriend would be out alone on a night like this? Don't be silly!"

"That's what your parents think, and I also thought it might be that. It's the first thing people suspect when a young woman leaves home. Until they find clear evidence to the contrary."

"Do you want me to prove it?"

"No, not me, I don't deserve it. But you have to reassure your parents out of respect to them."

"I can't. I don't care if they feel reassured or not. I don't give a damn. I don't want to owe them even a night's stay if they want me to stay out."

"But it's your home. The house will eventually belong to you, after all. Actually, I'm the one who owes them."

"You must be wondering where I've been all this time. I'm not going to tell anyone. It's not something to be proud of. Aren't we going up? Let's head down if you've changed your mind about going up."

"No, let's go."

I got to my feet and resumed walking. The path narrowed sharply about halfway up the hill, the

별빛, 그 야산 위의 가옥들을 논골의 큰길에서 올려다보면 틀림없이 그런 표현이 어울릴 것 같았다. 그만큼 야산의 가옥들은 수를 헤아릴 수 없을 만큼 많았다.

"어디까지 가실 건데요?"

비탈 입구에서 성애가 약간 두려운 듯 말했다.

"천당으로."

"천당이라구요? 천당이 어디 있는데요?"

"저 꼭대기에 있어요. 나만 따라가면 알 수 있어요."

"거기도 교회당이 있나 보죠? 그런 데로 가실 거예요?"

"교회당 같은 건 없어요. 천당이란 뭐 꼭 하늘에만 있는 건 아니잖소? 지상에도 있을 수 있다구요."

"배가 고프니까 헛소리가 나오시는가 본데, 뭘 좀 먹는 게 좋잖아요?"

"난 먹을 수가 없어요."

"그럼 우유라도 마시세요. 내게 우유값은 있어요."

"싫소."

나는 먼저 비탈길로 올라갔다. 보따리를 옆구리에 끼고 있는 성애가 멈칫거리며 따라 올라왔다. 비탈길 좌우에는 싸전, 잡화점, 라디오 가게, 세탁소 따위 가게들

slope growing more precarious. The walls of the shanties on either side of the path seemed to be hemming us in. She was right behind me, panting and clinging to her bundle. The higher we went, the farther we seemed from the hum of human activity. But our field of vision steadily grew wider. I've walked that path many times before, but each time it felt like new ground. You couldn't hear anything through the walls of the houses. It was the wind. The wind up there swallowed all sound and carried them away.

"Are we in paradise yet?" she said, breathing heavily.

"Almost. Don't rush, take your time."

I was almost at the summit of the hill, where a water tank for residents stood. The massive white tank at the peak of the hill stood like some kind of monument. It was much larger than it looked like from below. It was surrounded by a wire fence and stood on idle land. Pacing the empty lot, I let my breathing grow quiet. Then, I heard the faint sound of a drum. The sound carried by the wind was very weak, but it grew louder and the rhythm quickened. It probably came from a shaman's house nearby. I could imagine her beating the drum with-

이 줄지어 있었는데, 대개 날씨가 차기 때문에 일찍부터 문을 닫은 곳이 많았다. 올라갈수록 점점 경사는 심해지고 바람은 기세가 등등했다.

산의 중턱에 다다라서 성애는 숨을 몹시 헐떡였다. 거기서 우리는 잠깐 쉬기로 했다. 지나가는 산의 주민들이 우리를 흘끔흘끔 바라보곤 했다. 아마 그들은 젊은 내외 한 쌍이 가까스로 얻은 꼭대기의 방, 자기네의 새 보금자리를 향해 올라가고 있을 거라고 생각하는지 몰랐다. 사실 나도 그런 상상을 해봤다. 만약 저 꼭대기 어느 곳에 우리들의 방이 있고 그리고 생애와 내가 그렇고 그런 사이라면 그런 운명도 별로 싫지 않을 거라고 생각해보았다. 찬바람이 나의 그런 생각을 씻어가 버렸다.

"이씨가 말하는 천당이란 뭔데요?"

못내 궁금한 듯 성애가 내게 다시 물었다.

"북소리를 들어봤소?"

나는 그녀에게 엉뚱한 질문을 했다.

"물론 들어봤어요. 북소리가 어디서 들린단 말예요?"

"아니, 내 귀에 자꾸 들리는 것 같아 묻는 거요. 난 잠자다가도, 우두커니 방 안에 앉아 있다가도 문득 북소리를 듣거든. 어디, 먼 데서 들려오는 것 같았소. 지금도

out pause, beating it vigorously, be it spring or winter, day or night.

"Come over here, can you hear the drum from here?" I motioned her over and she came running to stand beside me. "Oh my! Now I can hear it. You weren't making it up. That's strange, though. How can the sound make it all the way down there? You said you can hear it in your room, right? Are you sure?"

"It's true. The sound of a drum can travel far."

"Do you mean it travels with the wind? That makes sense. You sound like you come here often to listen to it."

"Yes."

"And what draws you to this place?"

"I don't know. When I'm hungry and can't eat, I feel like going up somewhere high. And the sound of the drum soothes me."

The sound of the drum seemed to diffuse into the wind.

"Listening to the drumbeat energizes me. It makes me want to go out there and explore the world. It's like I can see the brilliant, great unknown of the universe. When I come here, it seems like it's possible to leave this place and start a great,

북소리가 들리는 것만 같아서 물어본 거요."

"그게 천당하고 무슨 상관이 있어요? 천당이란 뭐예요?"

"그건 가서 봅시다. 난 이 마을로 와서 아프기만 하고 돈벌이도 안 되고 그래서 이상한 생각을 하게 되었죠. 말하자면 이 마을로 들어오면 누구나 무기력해지고 가난에 젖어버린다고. 그래서 나도 곧 여길 떠나고 싶은데 그게 잘 되지 않아요."

"그건 처음부터 가난한 사람들이 이곳에 와서 살기 때문이죠. 사방을 둘러봐요. 부자는 하나도 없어요. 한 푼도 벌지 않는 우리 집 영감도 이 동네에서는 가난뱅이가 아니에요. 논골을 나가보면 세상은 딴판이에요."

"성애 씨도 그래서 집을 나갔었소? 아니면 애인을 사귀었나요?"

"애인? 호호호, 애인 있는 년이 밤길에 이렇게 돌아오겠어요? 그런 말은 하지도 마세요."

"영감님이나 할머니도 그런 의심을 하더구먼. 나도 그렇게 믿어왔고. 젊은 여자가 집을 나가면 누구나 그렇게 생각해요. 그렇지 않다는 확실한 증거가 나타날 때까지는."

66

brand-new life somewhere else, someday."

Her eyes widened. "Mr. Lee. You sound like a child. It's only a shaman drum and you're thinking of things like that. All it does is frighten me. Isn't it frightening hearing that sound in the darkness? Let's go back down, please."

"But you're going home now, right?"

"I can't help it now, even if they kick me out. So this whole paradise thing is just garbage."

"No, you have to be patient and endure the cold weather in order to see paradise."

"Ha-ha, what a brilliant liar and fraud you are! No wonder you're broke and stuck in this place. I don't want anything more to do with you. Liar!"

"Go ahead. Treat me like a fraud, anyway. I'm leaving your house soon."

We started down the slope. Perhaps she really was angry; she didn't say anything. But I felt a little better. The doctor's diagnosis had been wiped clean off my mind, and I was no longer bothered by the cold treatment I'd just received from God. When we got back home, Seong-ae ended up moving in and sharing her mother's room. The day she came back, her father summoned her and asked her, his voice gentle, what she had done

"나더러 증거를 보이라는 거예요?"

"아니, 내게 보일 필요는 없소. 난 그럴 자격이 없으니까. 하지만 부모님에겐 안심시켜 드리는 게 도리일 거요."

"난 그럴 수는 없어요. 그치들이 안심하건 말건 내겐 상관없으니까. 그래서 나가라면 하루도 신세지고 싶지 않아요."

"여긴 아가씨 집이오, 결국 아가씨의 집이 될 곳인데 신세지다니, 신세는 내가 지고 있지요."

"내가 어디 있다 왔는지 그게 궁금하지요? 하지만 아무에게도 말하지 않기로 했어요. 그렇게 자랑할 만한 곳이 아니니까. 올라가지 않을래요? 더 가기 싫다면 그만 내려가죠."

"아니오. 갑시다."

나는 얼른 걷기 시작했다. 중턱에서부터 길은 아주 좁아지고 비탈은 더욱 가파로왔다. 골목 양쪽 날림 가옥들의 벽이 우리 몸을 가둘 듯이 가깝게 다가왔다. 성애는 보따리를 꼭 끼고 헐레벌떡 따라왔다. 높은 지점으로 갈수록 지상의 소리는 멀어졌다. 그 대신 시야는 점점 넓어졌다. 나는 이 길을 비교적 자주 다녔지만 올 때

during her absence. She refused to say anything. The question remained unanswered.

It began snowing before long. Just like before, I couldn't eat normally, but I still made a point of heading up the hill every evening to hear the shaman's drumming. Now that she was back, Seong-ae rarely left the house. Was it because her father was keeping close tabs on her? Or had she made up her mind about something? She said she was only going to stay for a few days, but I hadn't seen her leave the house for half a month.

One evening, though, I witnessed a strange scene. I'd just gone to Swan Coffee Shop for nothing but a single cup of coffee since I had so little money and I was shocked to see Seong-ae there. A man was with her. They had their backs to the door and didn't see me come in. I felt scared all of a sudden, but curiosity got the better of me. I decided to sit close behind them.

"Now that I've found you, I'm not letting you go," the man said. "Did you really think you could get away from me that easily? That I'm such an idiot? Then, I wouldn't have tracked you down all the way here, right?"

"I'll be back in five days. I only came home be-

마다 항상 처음 밟는 땅 같았다. 골목에 바짝 붙어 있는 가옥들로부터는 거주인들의 소리가 전혀 들리지 않았다. 바람 때문이었다. 거센 고지대의 바람이 모든 소리를 삼켜버리고 휩쓸어 가버렸다.

"천당에 다 왔나요?"

성애가 숨을 가쁘게 몰아쉬며 물었다.

"네, 이제 다 왔어요. 너무 서둘지 말고 천천히 와요."

나는 이미 정상 근처에 도착해 있었다. 꼭대기에는 주민들의 물탱크가 있었다. 백색의 거대한 물탱크가 정상의 표지였다. 그것은 밑에서 보았던 것보다 훨씬 거대했다. 그 주변에는 철조망이 가설되어 있고 약간의 공지도 있었다. 빈터를 나는 오락가락하며 호흡을 가다듬고 있었다. 그때 북소리가 가늘게 들려왔다. 바람결에 휩쓸려서 그 소리는 매우 약했지만 점점 박자가 빨라지면서 소리도 크게 들렸다. 그것은 근처의 어느 무당집에서 들려오는 북소리였다. 그 무당은 언제나 북을 두드렸다. 그녀는 잠시도 쉬지 않고 겨울이나 봄이나 낮이나 밤이나, 아주 끈기 있게, 맹렬하게 북을 두드렸다.

"이쪽으로 와봐요. 북소리가 들려요."

성애는 내 옆으로 뛰어왔다.

cause I was ill. Have I ever gone back on my word, Mr. Kim? You can do as you please, if I do. If I don't show up in five days, I can't complain if you do whatever you want to. Please, Mr. Kim, I've never lied to anyone. Please. Give me a chance."

She held on to his arm as she pleaded but the man said nothing. He seemed to be in his thirties, had curly hair and a good build.

Finally, he opened his mouth. "Fine. You don't have to come back in five days, let's just meet up here. I'll come here myself to get you. Meet me here at six o'clock, okay?"

"Of course. I will. Thank you, Mr. Kim. I'll be here at six o'clock sharp."

"You know what'll happen if you break your promise, right? I'm sure you know about my temper."

"Of course, I do. Let's get out of here."

They got up and left. Thankfully she hadn't seen me. The coffee shop was dim and filled with smoke. I slipped out myself soon afterwards. As I walked down the steps to the street, I saw her running down the slope, probably having seen the man off. I caught up with her before she turned the corner.

"어머나! 정말 들리네요. 이것이 아까 아저씨가 말했던 북소리군요. 하지만 이상해. 여기서 치는 북소리가 어떻게 그곳까지 들릴까요? 아저씨는 방금 아저씨 방에서도 북소릴 들었다고 했지 않아요? 그게 참말예요?"

"정말이오. 멀리서도 들리는 것 같았소."

"어떻게 그럴 수 있을까? 그건 거짓말이에요. 그럴 수가 없어요."

"아니오. 북소리는 멀리까지 울려요, 때때로."

"바람을 타고 멀리까지 울린다? 그건 그럴듯해요. 이씨는 여기 자주 왔었나 보군요. 그래서 북소리를 자주 들었지요?"

"맞아요."

"왜 이런 곳에 자주 왔나요?"

"나도 모르겠어요. 배가 고플 때 음식을 먹을 수 없으면 높은 곳에 올라가고 싶어요. 그리고 저 북소리, 저걸 듣고 싶기도 하구요."

북소리는 맹렬하게 바람을 타고 퍼져나갔다.

"북소리를 들으면 힘이 나곤 해요. 뭔가 미지의 세계로 달려가고 싶은 욕망이 일어나죠. 미지의 세계, 멋진 세계가 보이는 것 같기도 해요. 여길 올라오면 그걸 느

"Who's this Mr. Kim? He looks shady."

"Gosh, you frightened me! I thought that bastard had come after me. You really surprised me. So you were eavesdropping. When did you get to the coffee shop?"

"Why don't you buy me a cup of coffee?"

"I don't have any money left. Didn't you have just one now?"

"I just went in and out without getting anything. Let's go back to Swan Coffee Shop, I'll buy this time."

"No, what if the bastard shows up again?"

"Then let's go to Queen Coffee Shop in the basement there."

"My old man usually goes there."

"He's already been there. Don't you know he never goes there in the evening?" She agreed and we went.

Queen Coffee Shop was located in the basement across the main road. Swan Coffee Shop was a haven for bums, gangsters, and day laborers, while Nongol's leading figures, officials, and senior citizens frequented Queen Coffee Shop. She took a corner seat and crouched so as not to be seen.

"So who's that Mr. Kim?" I asked her again.

끼죠. 난 언젠가 여길 떠나서 멋진 생활을 할 수 있다는 생각을 하게 되죠."

"어머나, 이씨는 어린애 같은 말도 곧잘 하네요. 저건 무당의 북소린데 어떻게 그런 생각까지 하게 된다는 거예요? 난 무섭기만 한 걸요. 깜깜한 데서 저 소릴 들으니까 갑자기 무서워요. 빨리 내려가요, 우리."

"집으로 들어갈 거죠?"

"할 수 없죠 뭐. 쫓겨날 때 쫓겨나더라도. 그러니까 천당은 가짜로군요."

"아니오. 여기서 추위를 참고 오래 기다릴 수 있어야만 천당을 보게 됩니다."

"호호호, 당신 거짓말쟁이, 대단한 사기꾼이로군요. 어째서 이씨가 돈벌이도 못하고 여기서 썩고 있는지 그 이유를 이제야 알겠어요. 이제부터 이씨를 상대하지 않기로 했어요. 지독한 거짓말쟁이."

"좋아요. 날 사기꾼 취급해도 좋아요. 나도 곧 당신네 집에서 나갈 거니까."

우리는 비탈을 내려오기 시작했다. 도중에 성애는 화가 났는지 한마디도 지껄이지 않았다. 하지만 나는 기분이 약간 밝아진 것도 사실이었다. 의사의 기록부 따

"He's a son of a bitch. I have to run away within five days."

"What? Where do you think you're going? Can't you stop him from coming here?"

"Impossible. He already knows where I live, and he'll come and kill me if I break my promise. You can be sure of it."

"What sort of guy is he that he could kill someone that easily? He must be a notorious outlaw. Are you his girlfriend?"

"Are you crazy? Why would I go out with a bastard like him?"

"Then who is he? Did you borrow a lot from him?"

"Just a little."

"How much?"

"Oh, less than a hundred thousand *won*. But it might as well be millions to him. I have to pay it back. That's why I'm running away."

"Where to?"

"To paradise!" She laughed. "Mr. Lee, you showed me where it is, didn't you? I doubt he'll go up there to find me. But I wasn't able to see it well that time because it was dark. Will you show me where it is again this time, so I can hide there, safely?"

위는 이제 머릿속에서 자취를 감춘 지 오래였다. 하나님의 냉대조차 나는 까마득히 잊어 먹었다. 성애는 집으로 돌아와서 우선 할매와 같은 방을 사용했다. 그녀가 돌아왔던 첫날 김유생 노인이 딸을 불러놓고 비교적 온화한 말씨로 그간의 행적을 캐물었지만 성애가 끝내 묵비권을 행사했기 때문에 그 문제도 그냥 덮어둔 채 지나가버렸다.

어느덧 눈이 내리기 시작했다. 정상적인 식사를 하지 못하는 나의 불편은 여전했다. 그러나 나는 저녁때면 자주 산을 올라갔고 산의 정상에 서서 무당의 집에서 들려오는 북소리를 듣곤 했다. 성애는 그날 이후 좀처럼 바깥출입을 하지 않았다. 영감의 단속이 심한 탓일까? 아니면 그녀 스스로 어떤 결심을 했단 말인가. 아무튼 며칠 뒤면 다시 나가버리겠다고 그녀가 처음 말했던 것과는 달리 보름 동안이나 그녀는 집 안에 꼭 숨어 지냈다. 그런데 하루는 내가 아주 뜻밖의 장면을 목격해버렸다. 저녁나절 내가 모처럼 푼돈이 생겨서 한 잔의 커피를 마시려고 고갯마루 백조 다방에 들어갔는데 거기에 뜻밖에도 성애가 웬 사내와 나란히 앉아 있었던 것이다. 사내와 그녀는 출구로부터 돌아앉아 있었기 때

"Now you're just playing with me. Anyway, you think I'm a liar so I don't blame you. But don't think about running away. I'll think of something to help you."

"How, Mr. Lee? Do you have money? If you have some money I can get a room somewhere."

"Are you going to live there if you get a room?"

"You bet I will if I find something. I have nowhere else to hide right now."

"I'll try to get some money."

"How? My mother always grumbles that you haven't paid the rent for up to three months. Where do you plan to get the money?"

"You don't have to worry about it. Leave it to me. Why don't you tell me who that guy is?"

"No, I don't want to. Can you get me some money in five days?"

"I'll try."

I stood up, and she looked at me with a newfound respect now that I'd spoken with such confidence. It was the first time she'd looked at me that way. Did I look completely different to her simply because I said I'd help her get some money? Did I look any different now, unlike before when she'd called me a liar? But I had made the promise with-

문에 나를 발견하지 못했다. 나는 갑자기 겁이 더럭 났지만 호기심에 못 이겨 그들의 뒷좌석으로 바짝 다가앉았다. 사내가 말했다.

"일단 너를 찾았으니 놓아줄 수 없다. 내가 호락호락 놓아줄 것 같애? 그렇다면 여기까지 널 찾아오지도 않았게?"

"닷새 있다 틀림없이 돌아갈게요. 몸이 아파서 할 수 없이 왔다니까요. 내가 약속을 어기는 것 봤어요, 김씨? 어긴다면 그땐 김씨 맘대로예요. 닷새 뒤에 내가 나타나지 않으면 그땐 여기 와서 뭐라고 해도 난 할 말 없죠 뭐. 그렇게 해요, 김씨. 내가 뭐 누구 속이는 것 봤어요? 한 번만 봐 달라니까 그러네."

성애가 사내의 팔을 잡고 있었다. 사내는 묵묵부답이었다. 그 녀석은 고수머리에 상체가 잘 발달된 서른 살 남짓의 사내였다. 오랜만에 사내가 말했다.

"그럼 좋다. 닷새 뒤에 네가 올 것 없이 여기서 우리 만나자. 내가 데리러 오겠다. 여섯 시에 이 다방으로 나와. 알겠어?"

"알구말구요, 김씨. 고마워요. 정말, 여섯 시에 틀림없이 여기로 나올게요."

out any clue of where to get the money. I'd just been bluffing. I was so furious and felt so awful for her I'd just started talking big. Or maybe I'd felt like bragging because she was always looking down on me. We returned to the house together.

I was determined to keep my word, but where could I get some money? Maybe I shouldn't have worried at all because there was no way I could get enough money for her to rent a room. It was futile from the beginning so there was no use worrying about it.

Three days later, though, it hit me. How could I have forgotten? I knew exactly where I could get some money. On the way downtown across the hill, there was a pawnshop where I'd pawned my watch a few months ago. I could get a tidy sum if I sold the watch to them, even if they deducted the money I'd already borrowed. I got up quickly and headed out.

Victory Pawnshop was on the second floor of a three-story building. Its signboard still stood there even though several months had passed. It was much too large for a small shop, large enough to fill those who glimpsed it with a futile sense of awe. Nothing impresses people like hard cash, es-

"약속 어기면 그땐 알지? 내 성질 잘 알 거야."

"아이구, 잘 알고 있대두 그러네. 자, 나가요."

둘이 일어나서 바깥으로 나갔다. 이번에도 그녀는 나를 발견하지 못했다. 워낙 백조 다방의 실내가 어둡고 담배 연기가 자욱했기 때문이었다. 나는 곧 뒤따라 나왔다. 계단을 내려와서 행길로 나서자 성애가 금방 사내와 작별하고 비탈 아래로 깡충깡충 뛰어갔다. 그녀가 아래 골목으로 숨어버리기 전에 나는 그녀를 따라 잡았다.

"김씨가 누구요? 그 녀석 수상하던데."

"아이구, 깜짝이야? 난 그 새끼가 다시 쫓아온 줄 알았다구. 혼줄이 달아났네. 이씨 엿들었군요. 언제 다방에 들어왔어요?"

"커피 한 잔 사지 않겠소?"

"돈 없어요. 커피 금방 마시지 않았나요?"

"들어갔다 그냥 나왔어요. 내가 커피 살게 백조 다방으로 다시 갑시다."

"싫어요. 그 새끼 또 나타날까봐 무서워."

"그럼, 저기 지하실 여왕 다방으로 가요."

"거긴 영감이 잘 다니지요."

"노인은 벌써 다녀갔어요. 저녁에는 얼씬도 하지 않는

pecially the residents of Nongol, as though it were a source of greatness.

The sun went down, but it was still half an hour before the pawnshop closed. I hurried up the steps to the second floor. The old owner was eagerly studying something with a magnifying glass at the reception window, but he hurriedly covered it with a sheet of newsprint as soon as he saw me.

"What do you want?" he said, acting as though nothing had happened. He was clearly unhappy, as if I had interrupted him at some secret pleasure.

It occurred to me then that what he had hidden beneath the newspaper must be some precious jewel or rare object. That same instant, a brazen idea came to me out of the blue. If only I had a weapon, I could threaten the old man, steal the jewel, and hide somewhere. In a few days, I could sell it off for a small fortune and run as far away as possible with Seong-ae. It seemed plausible. I had no doubt that she would come with me if I were carrying a lot of money. But I didn't have any sort of weapon, and even the mere thought of doing it frightened me.

"What do you want?" he yelled at me irritably when I still didn't say anything.

다는 걸 아가씨도 알지 않나?"

"그래요, 그럼."

여왕 다방은 큰길 맞은편 지하실에 있는 다방이다. 백조 다방이 건달과 깡패와 일당 노동자들의 안식처라면 여왕 다방은 노골 유지와 관리와 노인네들 사랑방이다. 성애는 누가 볼까봐 잔뜩 웅크리고 다방 구석에 앉았다.

"김씨가 누구요?"

내가 다시 물었다.

"그 새끼 악질이에요. 난 닷새가 되기 전에 달아나야 해요."

"아니, 어디로 달아난다는 게요? 그 녀석 오지 못하게 하면 될 거 아니요?"

"어림없어요. 한번 집을 알았으니 약속을 어기면 이번 엔 찾아와서 날 죽일 거예요. 죽이구 말 거예요."

"사람을 마음대로 죽일 수 있는 사람이라면 그는 누굴까? 대단한 무법자로군. 그 녀석의 애인이요?"

"미쳤어요? 그 따위 놈하고 애인하게."

"그럼 뭐란 말이오? 그 녀석의 돈이라도 잔뜩 빌어 썼나요?"

"돈은 약간 썼어요."

I fumbled with my pocket and pulled out a stub.

"Could you please have a look at this?" I pushed the wrinkled piece of paper through the window. A small amount—far from the figure I had imagined—was printed on it: 3,000 *won*. I felt deflated.

"You're four months behind your interest payments. It's already been forfeited. But I can make an exception for you if you want your stuff back—just give me 4,200 *won* plus interest." He seemed eager to wrap up the deal to drive me away as soon as possible.

"But I don't want to claim it."

"Then what?"

"I want to sell it."

"You want me to buy the watch you pawned? I don't buy that kind of stuff."

"Please. I just need money to see a doctor. I wouldn't be selling it otherwise."

"How much do you want for it?"

"It's up to you, sir."

"Up to me? Okay, then I'll give you a generous estimate. How about 2,000 *won*? Then the actual price you'd reach would be more than 6,000 *won*—2,000 *won* plus the 4,200 *won* you owe me. I'm sure you know you could get a new watch for 6,000 *won*

"얼마나?"

"조금. 기만 원밖에 안 돼요. 그래도 놈에게는 몇 백만 원보다 큰 돈이죠. 그만한 대가를 놈에게 해야 돼요. 난 달아날 거예요."

"어디로?"

"천당으로. 호호호, 이씨가 가르쳐줬지 않아요, 천당 있는 곳을? 설마 천당까지야 찾아올라구요. 그런데 난 그날 깜깜해서 미처 천당 있는 곳을 보지 못했어요. 다시 잘 가르쳐줘요. 그래야 내가 안전하게 숨을 수가 있죠."

"아가씨, 날 놀리는군. 사기꾼이니까 놀림을 받아도 좋지만 말이지. 아무튼 달아날 생각은 버려요. 내가 좋은 방법을 궁리해보겠소."

"이씨가 어떻게? 돈 있어요? 돈 있으면 방을 얻을 수도 있지만."

"방을 얻으면 거기 가서 있겠소?"

"방만 있다면 있구말구요. 지금 숨어 있을 데라곤 한군데도 없어요."

"내가 돈을 구해보겠소."

"어머머, 할매는 식비를 석 달치나 밀렸다고 죽는 소

84

in the market these days."

"That's too low. Last time when I came here you clearly told me a new watch of this model would cost way more than 100,000 *won*. How come it's only 2,000 *won* now?"

"Young man. Why would I say something like that? And even if I did, I was talking about a ' watch. A new one might be worth that much. If you don't like my price, just drop it."

"No, no. Please, sir. I'll be in trouble if I don't sell it today."

"You said it's up to me, but now you're complaining. So how can I buy it? I don't want anybody blaming me after I buy their old stuff."

"Could you give me 2,000 *won* more?"

"Ha-ha, shameless! Maybe I can give you 1,000 *won* more, not double what I quoted."

"Okay, just 1,000 *won* more then."

"It's the first time I agreed to a price that high since I started this business. Just put your seal here in the bill of sale. If you don't have it just put your thumb print on it."

I got 3,000 *won* from the old man after putting my thumbprint on the bill of sale. I couldn't help but think I'd been cheated as I walked down the steps,

리치던데. 돈을 어떻게 구해요?"

"그건 내가 알아서 할 거니까 물을 거 없어요. 그런데 김씨가 누구요?"

"말하지 않겠어요. 말하고 싶지도 않아요. 닷새 안에 돈을 구할 수 있어요?"

"구하도록 해야죠."

나는 벌떡 일어섰다. 자신감에 찬 내 얼굴을 성애가 존경 어린 눈초리로 우러러보았다. 그녀가 그런 눈초리로 나를 쳐다본 건 처음이다. 돈을 구하겠노라는 그 한마디로 사기꾼인 나를 달리 보게 된 것일까? 이번에는 성애가 내 말을 믿는 것일까? 그렇지만 내가 무슨 뚜렷한 마련이 있어서 그런 말을 한 건 아니다. 솔직히 말하자면 일종의 허세였다. 순간적으로 격분하고 상대방의 입장을 동정한 나머지 부려본 허세였다. 아니, 그보다도 성애가 평소 나를 우습게 보는 데 대한 반발로 그래봤을 뿐이다. 우리는 집으로 돌아왔다.

그러나 뿌린 씨앗을 거둬들이지 않으면 안 된다. 어떻게 돈을 구하나. 하긴 궁리해볼 건덕지조차 없다. 갑자기 어디 가서 방 하나 얻을 돈을 구한단 말인가. 그건 처음부터 불가능한 일이기 때문에 아예 생각조차 할 필요

but I didn't have the guts to go back and break the deal.

Evenings in Nongol were particularly dark because there were no street lamps and the shops didn't have lights on in their display windows to save on electricity. It was hard to even make out the faces of people you met on the main road since, by six in the evening, it grew dark and desolate like a forest pathway. What an unlucky day it had been! I had this eerie feeling after selling my watch for a song. In the end, I also fell prey to the darkness that ruled the evenings in the village. It also brought me and Seong-ae closer together.

I felt a little better after getting a little money in my pocket. I was walking through the pass, hands in my pockets, mulling whether to give Seong-ae all of it or to keep some for cigarettes and coffee, when I heard the sound of a scuffle in the alley near a photo shop below the Swan Coffee Shop. Bystanders had gathered near the alley, which stood at the mouth of a site designated for the market. I ran towards the scene.

The darkness made it difficult to see what was

가 없었다. 그런데 삼 일 뒤에 기막힌 생각이 전광석화처럼 내 뒤통수를 때렸다. 그렇다. 여태 그걸 잊어먹고 있었다. 그거라면 아직 몇 푼 더 뜯어낼 수 있을 것이다. 고개 마루턱을 지나 시내로 나가는 길목에는 전당포가 하나 있었다. 몇 달 전에 나는 시계를 그 집에 맡겨둔 일이 있다. 아직 팔아넘기진 않았으니까 그때 빌어 쓴 돈을 공제하고도 그 시계는 상당액을 내게 보장하고 있을 게다. 그걸 팔아넘기는 경우에 말이다. 나는 벌떡 일어나서 바깥으로 나갔다.

승리사 전당포 간판은 몇 달이 지난 뒤에도 의연하게 그 자리에 걸려 있었다. 가게는 삼층 건물의 이층에 있었는데 가게 규모에 비해 간판이 유난히 거대했기 때문에 그 앞을 지나가는 사람들에게 공연히 위압감을 주곤했다. 현금을 보유하고 있다는 건 누구에게나 그렇겠지만 특히 이 논골 주민들에게는 무슨 위대한 거물 같은 인상을 주기 때문이다.

해가 기울었지만 아직까지 문을 닫으려면 반 시간이나 남아 있었다. 나는 승리사 전당포의 이층으로 오르는 계단을 서둘러 올라갔다. 마침 영감이 접수 창구에 앉아서 확대경을 손에 들고 뭔가를 열심히 관찰하고 있

going on. It was even hard to tell the men fighting apart from the onlookers. But once my eyes adjusted I saw that three bums had ganged up against a man trying fiercely to fend them off. The more he fought back, however, the more he got hurt.

Each time somebody screamed, the spectators looked this way and that. It was a rare sight in quiet Nongol. They seemed to feel entitled for a fight and so no one intervened. After a few more minutes of intense fighting, the eardrum-splitting sound of a siren came from behind us. The police had been deployed from over the hill. The onlookers scattered, and the men who had been fighting likewise scurried off. All of a sudden, someone yanked my arm. I glanced over my shoulder and saw a police officer approaching.

"Come with me!" he said, nearly wrenching my arm out of its socket.

"Why?"

"Shut up and just come!"

He was stronger than I'd thought. He ignored my protests and dragged me by the arm. Later, I learned that only two people had been picked up from the scene: myself and the man who'd been beaten by the three bums. The attackers them-

다가 손님이 나타나자 얼른 그 물건을 신문지로 덮어 버리고 아무 일도 없었다는 듯한 표정으로 손님을 쳐다봤다.

"무슨 일로 오셨소?"

영감이 은밀한 즐거움을 발각당했다는 듯 불쾌한 표정으로 쌀쌀하게 말했다. 순간 나는 그가 신문지 밑에 감추고 있는 게 대단히 값비싼 보석이거나 어떤 희귀한 기념품일 거라고 단정했다. 동시에 어울리지 않게도 매우 대담한 상상을 해보았다. 지금 만약 내게 무기가 있다면 이 영감을 협박해서 보물을 탈취해 가지고 귀신도 모르는 곳으로 잠적해버릴 수 있을 거라고. 그리고 며칠 뒤에는 엄청난 값으로 그걸 처분한 뒤 성애를 데리고 멀리 아주 멀리 달아난다. 물론 그건 충분히 가능한 일이다. 내게 현금만 있다면 성애는 두말없이 나를 따라올 것이다. 그러나 내 손엔 무기도 없고 그리고 나는 자신의 그런 상상에 지레 겁을 먹고 움찔했다.

"무슨 일로 왔냐구?"

영감이 기다리다 못해 신경질적인 소리를 꽥 질렀다. 그제서야 나는 바지 호주머니를 뒤져 내 시계의 전당표를 겨우 끄집어냈다.

selves melted from the scene without a trace.

"Look, I was just watching. Is there a law against watching?" I yelped at the police officer who'd dragged me there.

"Bastard, do you think I'm blind? I saw you about to swing with my own two eyes. Do something like that again and I'll jam your damn head in the drain." His eyes seemed to burn down at me from his oversized head.

But I wasn't about to give up. "Then ask him if I was one of the guys in the gang."

The policeman sneered, "Hey, he was one of the attackers, right? Yeah?"

"Yes, he was with the bastards who beat me up." The idiot answered without even looking at up.

"See? Bastard. Who the hell do you think you're trying to fool? You'll have to do at least a year in jail. Now sit there and shut up or I'll smack you across the face." He pointed to a long wooden bench.

I decided to change tactics and beg. "Please, just look at me, sir. Do I look like someone capable of picking a fight? I'm ill and I hardly even have enough strength to walk." To this an old police officer sitting at the desk gave me an absolutely con-

"이거 좀 봐주세요."

나는 꼬깃꼬깃한 전당표를 창구 안으로 디밀었다. 그 종이쪽지에는 내가 방금 상상을 통해 그려봤던 금액과는 엄청나게 거리가 먼 소액이, 단지 삼천 원이 적혀 있었다. 나는 기분이 위축될 대로 위축되었다.

"이건 넉 달치 이자가 고스란히 밀려 있군. 물건을 찾아가려고? 벌써 무효가 된 거지만 특별히 물건을 반환해주지. 이자까지 포함해서 사천 이백 원 내슈."

빨리 끝내고 나가달라는 듯 영감이 서둘렀다.

"아닙니다. 찾으려고 온 게 아니에요."

"그럼 뭐요?"

"그걸 팔 수 없을까요?"

"여기 보관했던 당신 시계를 팔겠다구? 우린 그런 물건 안 사요."

"사 주세요. 보시다시피 병원에 갈 돈이 필요하다구요. 그렇지 않으면 팔고 싶지 않은 시계예요."

"그게 얼마나 나갈 것 같소?"

"값은 영감님이 알아서 처리해주세요."

"내가 알아서 하라구? 그렇다면 내가 봐주는 셈치고 말해보지. 이천 원 얹어주면 어떠오? 사천이백 원과 이

temptuous look, "Just listening to this guy talk, he's obviously a sly one. Hey, Constable Kim, check his records thoroughly to see if he's an ex-convict."

"You bet I will. Let's keep him here overnight before transferring him to the headquarters. I'll interrogate him tomorrow morning," answered the policeman who had brought me there.

I sat on the bench. My knees felt cold and a chill went down my spine. How stupid can someone be not to know who'd beat him up? Or was he merely pretending even though he knew I wasn't one of them? Maybe he hated me for being among the spectators who hadn't lifted a finger to help him.

I passed the whole night sitting on a jail bench. I had no idea if it was legal to make a suspect stay up all night like that, but I was okay. The dawn air was clear and fresh as always. Before long, a procession of students and day laborers bound for their destinations passed by the police substation. They all looked cheerful and walked briskly. I latched on to the gleaming and starched white collars of the female students.

I remembered Seong-ae's words: "There are no rich people in Nongol. Only the poor come to live here." But you wouldn't have thought it staring at

천 원, 벌써 육천 원을 초과했소. 육천 원 가지고 요새 시장에 나가면 새것도 살 수 있다는 걸 알고 있죠?"

"이천 원은 너무 하십니다. 지난번 처음 여기 왔을 때 이런 건 새거라면 십만 원은 넉넉히 호가한다고 영감님 이 분명히 말씀했죠? 한데 어떻게 이천 원입니까?"

"내가 그런 말을 했을 까닭이 없는데. 여보, 젊은이, 가령 내가 그런 말을 했더라도 그건 새거라면 그렇다는 얘기 아니오? 새거라면 그렇게도 하겠지. 싫소? 그럼 관둡시다."

"아닙니다. 조금 더 생각해보십쇼. 오늘 그걸 팔지 않 으면 곤란한 일이 있어요."

"나더러 알아서 달라고 해놓고 그렇게 투정하면 난 못 사요. 남의 헌 물건 사놓고 욕먹기도 싫고."

"이천 원 더 올려주지 않겠습니까?"

"하하, 배포가 대단한 사람이군. 천 원이라면 혹 몰라 도 그렇게 갑절이나 한꺼번에……."

"좋아요. 천 원 더 주십쇼."

"이거, 내 가게 생긴 뒤로 처음 있는 일인 줄이나 아 쇼. 그리고 여기 매도증서에다 도장이나 찍어요. 도장 이 없으면 손도장을 찍고."

this scene now. She would have swallowed her words if she saw this parade of people passing by in the early morning light.

The constable emerged yawning from the night-duty room. He had put a towel around his neck and then he went to the washroom. After washing his face he came back and told me that I could take my turn if I wanted to, but I said no.

"Do you have any relatives? I can arrange for you to contact them." He asked me the first question after taking a seat, freshly scrubbed, down at the desk.

"No. None."

"Not even one relative?"

"No, no one."

"Then where do you live?"

I bit my lip.

"So you're exercising your right to remain silent? Are you angry that I brought you here last night? Then you shouldn't have gotten yourself in trouble in the first place. It's highly suspect where you come from if you say you have no housing or relatives. All I need to do is call headquarters and it won't take them long to check the list of everyone who was released from prison last month. Just tell

나는 영감이 써준 매도증서에 지장을 찍고 일금 삼천 원을 받았다. 계단을 내려오는데 자꾸 속았다는 생각이 떠올라 견딜 수 없었다. 그렇다고 다시 올라가서 물릴 용기도 나지 않았다.

　논골의 저녁나절은 유난히도 어두컴컴하다. 가로등이 한 군데도 설치되지 않았고 가게들도 전기를 아끼느라고 창 바깥까지 조명 시설을 하지 않았기 때문이다. 저녁 여섯 시만 지나면 논골의 큰길조차 어느 산간 오솔길처럼 쓸쓸하고 어둑어둑해서 눈앞으로 다가오는 인간의 얼굴조차 분간하기 어려웠다. 그날 나는 운수가 매우 사나왔다. 시계를 예상보다 헐값에 팔아 치웠을 때부터 어쩐지 예감이 불길하더니 급기야 논골의 저녁나절을 지배하는 그 어둠 때문에 엉뚱한 피해자가 되었던 것이다. 그 사건은 또한 성애와 나 사이를 더욱 가깝게 밀착시킨 계기가 되어 주기도 했다. 오랜만에 거금을 호주머니 속에 넣고 나는 약간 마음이 느긋해졌다. 그래서 호주머니 속에 손을 찌르고 고개의 오르막길을 오르락내리락하면서 이 거액을 한꺼번에 성애를 위해 써버릴까, 아니면 조금 분배해서 자신의 개비 담뱃값과 커피값으로 예비해둘까, 그런 문제를 궁리하고 있었는

me the truth. When did you get out?"

"Are you making fun of me?" I threw my hands in the air. "You'll learn the truth soon enough. How many times do I have to tell you? I was just a spectator."

The police officer laughed. "You must be hungry to say something as dumb as that. What would you like to eat? I'll order it in my name."

"I can't eat."

"Why not? How long do you think you can hold up without eating?"

"I can manage anyhow."

"A hunger strike? Hey, let's not take this too far. We can work it out in friendly terms. If this is taken to the headquarters the punishment will be more severe. It's better to finish the paperwork here. It'll be easier on you."

The old policeman who had called me a sly one the night before appeared. "Did you find anything out ?"

"No, he's exercising the right to remain silent and he's staging some kind of hunger strike. He has no relatives, no place of residence, and is refusing to eat."

"Why isn't he eating? Isn't it better to just eat?

데 사진관 옆 골목에서 문득 남자들의 다투는 소리가 들려왔다. 사진관은 백조 다방 아래층에 있었고 그 옆 골목은 시장 부지로 정해놓은 공터로 들어가는 입구였는데 사람들이 이 부근에 모여 있었다. 나는 그쪽으로 달려갔다.

어두워서 누가 누군지 분간하기 어려웠다. 누가 싸움꾼이고 누가 구경꾼인지 알 수 없었다. 그러나 자세히 관찰한 결과 한 사내를 셋이나 되는 놈팡이들이 공격하고 있었다. 당하는 녀석은 맹렬하게 저항했다. 그럴수록 그가 받는 피해는 더 심한 것 같았다.

누구의 입에선지 비명이 들렸고 그때마다 구경꾼들이 이쪽으로 저쪽으로 휩쓸렸다. 과연 이날 밤의 소동은 고요한 논골의 저녁나절에서는 흔치않은 구경거리였으며, 그래서 사람들은 몰염치스럽게 싸움을 말릴 생각조차 하지 않았다. 몇 분 동안 격렬한 싸움이 진행되고 있을 때 갑자기 호각 소리가 등 뒤로부터 귀청을 찢을 듯이 크게 들렸다. 고개 너머 파출소에서 경관들이 급거 출동했던 것이다. 구경꾼들이 순식간에 흩어졌다. 싸우던 놈들도 혼비백산해서 달아나기 시작했다. 그때 별안간 누군가가 내 팔을 왁살스럽게 붙잡았다. 돌아다

Hey, young man, have you ever fasted? You'll have a hard time later if you just follow a gurus' fasting lifestyle. It'll be better for you if you just eat when you get the chance."

"No, thanks. I can't eat. I haven't had food for a few months because of a stomach problem. I'm not lying."

They exchanged glances and shrugged, as if to say they didn't care whether I ate or not.

"Well, we live in a democracy where people are free not only to eat, but also, not to. We can't do anything if you insist on not eating," the senior police officer said, flopping down in his chair.

Soon, two more policemen I hadn't seen before arrived at the station. It was about time they took me to the headquarters. The night-duty police officer talked with them on the phone for a while. He explained what happened last night and my strange rebellious attitude. When he hung up, the station fell silent. I was a bundle of nerves. I was a helpless suspect with no witness or guardian. Did this mean I had no choice but to receive the punishment that the gang leader was due for?

So when my "relative" chose that moment to appear, there was no other way to explain it than di-

봤더니 경관이었다.

"따라와!"

내 팔을 붙잡고 손을 놓지 않은 채 경관이 말했다.

"왜 그러오?"

"잔말 말고 따라와!"

경관은 생각보다 힘이 셌다. 그는 내 항변 같은 것은 귀담아 들을 생각도 하지 않고 그 완강하고 사나운 완력으로 나를 잡아 끌고 갔다. 나중에 봤더니 현장에서 파출소까지 끌려온 놈은 매를 맞고 있던 놈과 나 둘뿐이었다. 집단 폭행을 가하던 놈들은 재빨리 도주해버렸던 것이다.

"이거 봐요. 난 구경꾼이었어요. 구경꾼도 잡아다 가두는 법이 있나요?"

나를 끌고 왔던 경관에게 나는 큰소리로 대들었다.

"야, 임마, 누굴 장님 취급할 생각이냐? 난 네 녀석이 주먹을 휘두르는 걸 이 두 눈으로 똑똑히 봤어. 한 번만 그 따위 수작 다시 부려봐. 그땐 하수 구멍에다 대가릴 처박아줄 테니깐."

머리가 커다란 경관이 눈을 부라리며 불호령을 내렸다. 그래도 난 다시 말하지 않을 수 없었다.

vine intervention. The door flew open and in barged a young woman, a furious look on her face. It was Seong-ae. It wasn't just her sudden appearance that surprised me but also the way she was dressed. She had on a blue pair of pants and a nice beige sweater. I had never seen her in clothes like that before. Maybe that was what she was always carrying around in her bag or bundle. And to think that I thought of her as nothing more than a country bumpkin who knew nothing about fashion. Aside from her wardrobe makeover though, she was also behaving differently, gazing around the police station with an air of arrogance.

"What happened?" she asked, marching straight towards where I sat in the corner and completely ignoring the police officer."

"I was watching some men fight and they dragged me in here. They said I was involved."

"Serves you right. And you were dumb enough to let them drag you in and keep you here the whole night?"

"There's no use protesting because they don't have any other witnesses."

"And the victim. Where is he? He should know."

"They let him go. He told them I was one of the

"그럼 저 친구에게 물어보슈. 내가 그 패거리 중의 한 놈이냐고."

경관이 매 맞는 놈에게 농담하듯 물었다.

"이 녀석이 널 때린 놈 중의 하나지? 틀림없지?"

"맞아요. 저놈도 합세해서 날 때린 놈 중의 하나예요."

그 미련한 녀석은 내 얼굴을 똑바로 쳐다보지도 않고 대꾸했다.

"거봐, 이놈아, 누굴 속이려고 그래? 네놈은 적게 잡아도 징역 일 년이야. 따귀라도 한 대 맞고 싶지 않거든 잔말 말고 그 의자 위에 앉아 있어."

경관이 긴 나무 의자를 가리켰다. 나는 이번엔 경관에게 애원했다.

"나를 좀 보세요. 내가 누구와 싸움질을 할 수 있을 것 같소? 난 걸어 다닐 힘도 없는 환자예요."

그러나 책상 앞에 앉아 있던 나이 지긋한 경관이 경멸하는 눈초리로 나를 쏘아보며 말했다.

"저놈 말하는 거 보니깐 상당한 악질이군. 남을 실컷 때려놓고 저런 소릴 하다니. 이봐, 김 순경, 저 자식 신원 좀 샅샅이 조사해보라구. 전과가 있나 없나."

"그러죠. 일단 오늘 밤 지내고 난 뒤 내일 본서로 넘길

gangsters who beat him up. I have no idea what's going on."

"What an asshole! I'd give him a piece of my mind if he were here." She walked up to the police officer. "Do you have any evidence to keep him here?" She acted as if she were the daughter of a high official, or a millionaire.

"Excuse me, but who are you, Miss? How do you know him?"

"He's my brother."

"Your brother? But he said he has no relatives. Are you really his sibling?"

"Didn't I just tell you I am? Are you saying I'm a liar?"

"Then how did you know he was here? We haven't contacted you."

"Our neighbors told me you were detaining my brother on false charges. We live in the alley over there past the radio store. Come with me if you don't believe me."

"Does he also live there?"

"Yes, he does."

"But he said he has no home. Something's fishy here."

"What are you sitting there for like an idiot,

테니까 내일 아침에 조사하기로 하죠."

나를 끌고 왔던 경관이 대답했다. 나는 하는 수 없이 긴 나무 의자에 걸터앉았다. 무릎이 시려오고 상반신이 오들오들 떨리기 시작했다. 왜 저 바보 같은 자식은 자기를 구타한 놈들의 얼굴을 구별해내지 못할까? 저놈은 내가 범인이 아니라는 걸 빤히 알면서도 일부러 모른 척하는 것일까? 본래 구타당한 놈은 구경꾼에 대해서도 피해 의식을 품기 마련이다. 더구나 논골의 구경꾼들은 그가 맞는 걸 말리지도 않았으니까.

나무 의자 위에 앉아서 나는 꼬박 밤을 새웠다. 피의자를 이런 식으로 잠재워도 무방한지는 알 수 없었지만 다행히 나는 별탈은 없었다. 새벽 공기는 어디서나 맑고 신선했다. 조금 있자, 논골에서 아침 일찍 등교하는 학생들과 일터로 나가는 일당 노동자들의 행렬이 파출소 앞을 지나가기 시작했다. 모두 표정들이 밝고 걸음걸이에 활기가 넘쳤으며, 특히 여학생들의 빳빳하게 풀 먹인 하얀 칼라의 청결한 모습이 눈길을 끌었다.

"논골에 부자라곤 하나도 없어요. 처음부터 가난한 사람들만 들어와서 살거든요."

성애는 이런 말을 했지만 적어도 아침 일찍 이 길을

Brother?" She glared at me. "Why don't you tell him you want to go home right now?"

The constable interrupted me. "Even if what you're saying is true, we can't just let him off like that. He beat someone up."

"How? Did you see him do it?"

"You bet I did. He pummeled the guy."

Seong-ae laughed openly at the police officer. "My brother's sick. He doesn't have strength for that. You're lying. Let's go talk to his doctor. He's been going to the hospital for treatment. Let's go there right now, and if it turns out you're wrong, I'm suing you!"

The policemen fidgeted to her open challenge. Sensing his discomfort, she dared him again to go to the doctor this moment. After ten minutes of this sort of harassment, the man whispered something to the officer and, just like that, they let me go.

When we left the station, there were no pedestrians on the way to school or work. The misty winter light shone down on Nongol valley. I was still thunderstruck by Seong-ae's virtuoso performance. I was struck dumb with admiration. I didn't think anyone in town could talk down a police officer the way she had done. Other people would

지나가는 행렬을 보느라면 그런 생각이 무의미하게 느껴졌다.

경관이 숙직실에서 하품을 하며 나타났다. 그는 수건을 목에 걸고 세면장으로 나가더니 세수를 하고 돌아와서 나에게도 생각이 있으면 세면장을 사용해도 좋다고 말했다. 나는 그 제안을 거절했다.

"자네 연고자가 있나? 있으면 연락을 취해주지."

경관이 말쑥한 얼굴로 책상 앞에 앉아서 내게 첫 질문을 했다.

"없어요."

"한 사람도 없어?"

"네, 없어요."

"그럼 거주지는 어디야?"

"없어요."

"자네 묵비권을 행사할 건가? 내가 어젯밤에 끌고 왔다는 게 그렇게도 화가 나나? 그렇다면 처음부터 나쁜 일을 하지 말았어야지. 자네 연고자도 거주지도 없는 걸 보니까 여태 어디 있었는지 그 점이 아주 수상하군. 본서에 연락해보면 지난달의 출감자 명단을 금방 알아낼 수 있어. 그러니까 언제 출감했는지 사실대로 말해봐."

have just cowered before police officers even if they had done nothing wrong. I wonder where she'd gotten such guts and courage. Could it be that her time away from home had given her these sorts of street smarts? And yet, whenever she came home, she always pretended to be nothing more than a simple country girl. Even her clothes must have been chosen carefully to hide her true colors. This was the first time I had seen the stylish sweater and pants she had on.

I was suddenly afraid of the change in her. She must have noticed it; she scarcely spoke to me as we walked across the pass after leaving the station. I felt like I was walking with another woman instead of her. When we were near the photo shop, she turned to me abruptly, blushing. I suppose the silence between us had also made her feel awkward.

"You must be starving. Would you like a bite?"

"No, thanks," I said, shaking my head. I realized she was wearing light makeup, which made her look prettier. I had noticed it as soon as I saw her at the police station.

"You must have something or your stomach will get worse. Just some milk and a piece of cake."

"사람을 모욕하지 마쇼. 흑백은 곧 가려질 테니까. 거듭 말하지만 난 구경꾼이었소."

"하하하, 이 친구가 배가 고픈 모양이군. 헛소리를 하게. 뭐 먹을 걸 좀 시켜다주랴?"

"난 먹지 못하오."

"왜 먹지 못해? 언제까지 먹지 않고 버틸 수 있어?"

"버틸 수 있어요."

"단식 항의로군. 이봐, 그러지 말고 서로 사이좋게 일을 해결하자구. 본서로 넘어가면 더욱 가혹해져. 여기서 서류를 끝내 놓는 게 좋아. 피의자에게 유리해."

그때 간밤에 내가 악질이라고 욕하던 경관이 나타났다. 그가 자리를 지키고 있던 동료에게 물었다.

"이 친구 뭐 좀 알아냈소?"

"아뇨. 묵비권에다 단식까지 할 모양인데요. 연고자도 없다, 주거도 없다, 식사도 안 하겠다, 그런 식예요."

"왜 식사를 안 하지? 식사는 하고 봐야 될 게 아닌가? 이봐, 친구, 단식 경험이 있어? 공연히 도사님들 흉내 냈다간 큰코 다친다구. 먹으라고 할 때 먹는 게 몸에 좋을 텐데."

"고맙지만 난 먹을 수가 없어요. 몇 달 동안 위장 장애

Without waiting for me to answer, she bolted inside the mom-and-pop shop and came back with a bottle of milk and a small piece of cake, the kind a kid would love to snack on.

"I asked them to warm it but they didn't have a heater. Let's go to Swan Coffee Shop, I'll ask the owner to do it while you sit and rest."

The coffee shop was usually empty at that time so I followed her. She went straight to the kitchen and it was a few minutes before she came back out with a tray holding the warmed milk in a glass and the cake.

"What made them suspect you? Were you drinking last night?"

"I have no money to waste on drinking. Besides, I can't drink even if I want to."

"You're right. Then why would they suspect you? The more I think about it the more bizarre it seems. Isn't it funny how a sick person can become a gangster overnight?"

"What's so funny about that? This whole town is bizarre. People are as stupid and blank as a bunch of rocks. An innocent man is arrested and everyone just looks on. No one even tries to step forward and defend him. And the victim and that po-

때문에 먹지 못해요. 거짓말 아니오."

나는 고참 경찰관을 똑바로 쳐다보며 말했다. 그들은 둘이서 서로 눈짓하더니 어깨를 으쓱 치켜 올렸다. 먹지 않겠다면 관두라는 태도였다.

"민주 국가에선 음식을 먹을 자유도 있지만 먹지 않을 자유도 있다네. 굶고 버티겠다면 우린들 뾰족한 수가 없지."

고참 경찰관이 자기 자리로 가서 털썩 주저앉으며 혼잣말로 중얼거렸다. 그리고 곧 경관 두어 명이 새로 출근했는데 모두 간밤에 못 보았던 얼굴들이었다. 나를 본서로 연행할 시간이 다가온 것 같았다. 당직 경관이 전화통을 붙잡고 오랫동안 본서와 통화를 했는데 통화 내용이 어제 사건의 전말과 피의자의 이상야릇한 반항적 태도에 관한 것이었다. 그가 통화를 끝내자 파출소 실내는 조용해졌다. 나는 매우 초조했다. 증인도 보호자도 없는 무기력한 피의자, 그래서 도리 없이 집단 폭행 사건의 주모자가 감수해야 할 가시밭길을 혼자 걸어가야 한단 말인가?

바로 그 순간에 내게 연고자가 나타났다는 건 천우신조라고밖에 달리 할 말이 없었다. 파출소 문이 벌컥 열

lice officer! They're the most dangerous, like blind men with weapons. I hate this place. It's just plain scary. Who knows what I'll be accused of next if I stay here? Murder? All it would take is another brush with bad luck like last night."

"You want to leave then?"

"Of course, I do."

"Have you really made up your mind?"

"Not right now, but soon. I realized last night I can't stay here any longer."

"Where would you go then?"

"Somewhere. I'll be gone before you know it. One day, all of a sudden. Nobody will know I'm gone."

"Are you going to paradise? You said you know where it is." She stared at me. "Tell me if you really do. I have to leave tomorrow."

"I almost forgot," I said. "Is he coming tomorrow?"

"The day after tomorrow. But it's safer to leave a day early or I might run into him, then that'll be the end of me."

She didn't say anything about the promise I made to help her find some money. I wasn't joking then, but I guess she must have thought I was from the

리더니 웬 아가씨가 몹시 성난 얼굴로 뛰어 들어왔는데, 그녀는 다른 사람 아닌 성애였다. 나는 우선 그녀의 옷차림에 놀랐다. 파란 바지에다 베이지색 멋쟁이 스웨터를 입고 있었는데, 그녀가 그렇게 세련된 의상으로 내 앞에 나타나긴 처음이었던 것이다. 성애는 저런 옷을 가방이나 보따리 속에 감춰갖고 다니면서 필요할 때만 입는 모양이었다. 그녀가 옷도 입을 줄 모르는 촌뜨기라고 생각한 건 나의 오해였다. 성애는 완전히 다른 여자로 보였으며 특히 파출소 안으로 들어와서 그녀가 취한 행동은 안하무인이라고 하는 게 옳았다.

"어떻게 된 거예요?"

옆에 앉아 있는 경관들은 거들떠보지도 않고 곧장 구석 의자에 앉아 있는 내게 다가와서 그녀가 물었다.

"어떻게 되긴. 난 싸움 구경하다 깡패로 몰려 이렇게 끌려왔을 뿐이오."

"내 참 우스워서. 그래 한 마디 항변도 못하고 벙어리처럼 여기서 밤을 지샜단 말예요?"

"항변해도 소용없어요. 증인이 없으니까."

"피해자는 누구예요? 어디 있어요? 피해자가 알 거 아네요?"

beginning. I had 3,000 *won* in my pocket, far short of what I'd promised her. I thought of giving it to her, but eventually we just left the coffee shop.

The day was over all too quickly. The next day, I was restless, wondering at what point she would choose to sneak out the gate. Dusk fell but there was still no sign of her departure. I wasn't sure if she was serious or not when she said she was afraid of the man. Or maybe she wanted to stay as long as possible because she didn't want to leave her parents behind? I had absolutely no clue what was going on in her mind.

As the night deepened, I grew more anxious and jittery and so I went out to the main road for a walk. Once in a while, some day laborers would pass by, some drunk and singing popular songs at the top of their lungs, others looking at the fruit and bread in the shops to get something for their wives at home. It was too dim to see the faces of the people coming my way, but strangely enough, I recognized the man standing on the street corner. No, I was probably seeing things. My overactive imagination must have conjured his likeness, or it was just somebody who resembled him. The man lit a cigarette as he stood in front of the rice store,

"그 녀석은 내보냈소. 그 녀석이 내가 자기를 때린 패거리 가운데 하나라더군. 뭐가 뭔지 나도 모르겠어요."

"그런 바보 자식, 내 앞에 있다면 내가 그런 놈을 가만둘까봐!"

성애는 당직 경관 앞으로 기세 좋게 다가섰다.

"이거 봐요. 당신네들, 이 사람 증거를 확보하고 붙잡아두는 거예요?"

그녀는 마치 고관대작이나 백만장자의 규수처럼 거만하고 당당하게 굴었다.

"어, 아가씨 누구요? 저자하고 어떻게 되는 사이죠?"

"우리 오빠예요."

"오빠라구? 방금 이 친구는 연고자가 없다고 말했는데. 정말 아가씨가 이 친구 여동생이란 말이지?"

"그렇대두요. 남의 말 함부로 의심 말아요."

"그럼, 우리가 연락도 안 했는데 어떻게 알고 왔지?"

"동네 사람들이 알려줬어요. 우리 오빠가 죄 없이 끌려갔다구. 우리 집은 저기 라디오 가게 아랫골목에 있어요. 의심나면 나하구 같이 가봅시다."

"이 친구도 거기 산단 말이지?"

"그래요."

then he started walking in my direction. For a split second, the light from the store lit up his face.

"That's him!" I stopped dead in my tracks. Close-cropped curly hair, ruddy complexion, a murderous look on his face. These were enough for me to conclude that he was indeed the Mr. Kim I had seen with her earlier. He passed by without taking notice of me. It was hardly surprising that he should show up a day early, considering that Seong-ae, too, planned to escape prematurely. I made a beeline for the house. Luckily, she was alone, sitting on the floor and staring into space. I motioned to her and she came out to the yard.

"I saw him," I whispered, still trying to catch my breath.

"Who?"

"The guy, Mr. Kim."

"Where?"

"On the street a few streets back."

"Are you sure? How'd you recognize him?"

I floundered. Actually, it was more of a hunch since I hadn't seen his face clearly, but there was no time for explanations.

"Of course, I'm positive. I saw him with you at the coffee shop, didn't I?"

"아까는 주거지도 없다고 했어. 뭔가 수상한데!"

"오빠, 왜 잠자코 있어요? 지금 집에 함께 가자고 하면 될 거 아니에요?"

성애가 나를 흘려보았다. 경관이 말했다.

"아가씨 말이 사실일지라도 저자는 남을 때렸어. 풀어줄 수 없다구!"

"어떻게 때렸어요? 때리는 걸 틀림없이 봤나요?"

"봤지. 주먹으로 마구 패더군."

"호호호호, 오빠는 환자예요. 그만한 힘이 없다구요. 거짓말도 썩 잘하시네요. 의사에게 가봅시다. 오빠가 치료받는 병원이 있으니까. 지금 나랑 같이 가봐요. 만약 사실이 아니라는 게 밝혀지면 당신을 고발하겠어요."

성애는 아주 대담하게 나왔다. 경관이 그녀에게 쩔쩔매기 시작했다. 그럴수록 성애는 경관더러 빨리 그녀와 동행해서 의사에게 가보자고 재촉했다. 십 분쯤 실랑이가 벌어진 끝에 고참 경관이 당직 경관에게 뭐라고 귓속말을 지껄였다. 그런 다음 나는 곧 거기서 풀려나왔다. 고갯길에는 출근하거나 등교하는 행렬이 어느덧 자취를 감춰버린 뒤였다. 겨울 햇빛이 부옇게 논골의 분지를 비쳐주고 있었다. 나는 성애의 수완에 몹시 놀랐

"I see, you're right."

Convinced now, she ran inside. I suppose she was too terrified to doubt my story. She hurried out again in less than five minutes, carrying the same small bundle she had with her when I took her to the top of the hill.

"Did you tell your folks?"

"No, I sneaked out. The old man's asleep, and my mom's in the kitchen. Now what should I do? Where do I go if he's blocking the way?"

"I know a shortcut. Follow me." I was already out the gate.

"Which way?" she asked, her voice quavering behind me.

"Up there." I pointed to the top of the hill where shanty houses were huddled together.

That was what I'd told her was the direction of paradise. I ducked and ran ahead of her, stealing through the dark alley like a mole. Reaching the steps, I turned left, moving furtively. Usually, I would go up the steps and take the main road, but that wasn't an option now that that bastard was lying in wait for her there. Once we were deep inside the alley and on the slopes of the hill, we quickly crossed the road. Short of a miracle, there

으며 감탄의 말이 입에서 저절로 나왔다. 사실 이 근처
의, 다른 아가씨들 가운데 경관을 그만큼 만만하게 다
룰 줄 아는 아가씨는 한 명도 없을 것이다. 대개 뚜렷한
죄목이 없는 경우에도 경관 앞에서 오들오들 떨지나 않
으면 다행이었다. 성애의 그런 배짱과 용기는 어디서
나왔을까? 그녀는 가출해서 바깥을 떠도는 동안에 세
상살이의 요령을 그만큼 터득한 것일까? 그리고 일단
논골로 돌아와서 지낼 동안 자기 본색을 감쪽같이 감추
고 다시 어수룩한 촌뜨기 행세를 하는 것이다. 그러고
보면 그녀는 의상에까지 분명 신경을 쓰고 있었다. 방
금 파출소에 나타날 때 입고 있던 멋쟁이 스웨터와 바
지는 성애가 여기서는 한 번도 입지 않던 옷이었다.

　나는 변신한 성애가 갑자기 두려웠다. 그녀도 나의 그
런 기분을 눈치챘는지 파출소를 나와서 고개를 넘어오
는 동안 좀처럼 먼저 말을 붙여오지 않았다. 흡사 나는
성애 아닌 다른 여자와 함께 걷고 있는 기분이었다. 우
리가 사진관 앞까지 다가왔을 때 아무래도 둘 사이의
침묵이 쑥쓰러웠는지 성애가 돌연 내 앞으로 뛰어와서
얼굴을 붉히며 말했다.

　"배가 고플 텐데 뭘 먹고 싶지 않아요?"

was no way he could have seen us.

"You can take it easy now that we're out here. Even the Devil wouldn't find his way around this place." I tried to reassure her as we slowly made our way up the slope.

"We're headed for paradise, right?" She seemed more relaxed now. "But what do we do once we get to the top? It would be of no use to get to the top if we had to go down again, wouldn't it?"

"We don't have to go down the same way."

"Then where to?"

"Wait till we get to the top," I assured her and quickened my pace.

Halfway up, the path narrowed and the incline was steeper. It was pitch-black as the shop fronts had darkened, but I'd been through there enough times to know instinctively that we were going in the right direction. The higher up we went the stronger the wind whipped against our faces. We were almost out of breath and had to slow down. Desperately, she followed me. We were almost at the summit. As expected, the strains of a beating drum seemed to come from nowhere. Whenever I was up here, I heard it without fail. Don't ask me how, but this meant the shaman was up beating the

"별로 생각이 없는데요."

나는 머리를 흔들었다. 그리고 그제서야 성애가 얼굴에 가벼운 화장을 하고 있다는 사실을 발견했다. 그녀는 전보다 좀더 예뻐 보였다. 파출소에서 처음 봤을 때부터 나는 그렇게 느끼고 있었다.

"안 돼요. 아무것도 먹지 않고 있으면 더 나빠진다구요. 우유하고 카스테라 조각이라도 우선 먹어둬요."

그녀는 진짜 누이처럼 내 의사도 듣지 않고 근처의 구멍가게로 달려갔다. 그리고 잠시 후 우유 한 병, 어린이 간식용의 작은 카스테라 한 조각을 들고 내게 돌아왔다.

"데워달라고 했더니 불이 없대요. 내가 다방 언니에게 가서 데워 달랄 테니 백조 다방으로 올라와서 잠깐만 앉아 계셔요."

이맘때는 다방이 텅텅 비어 있었다. 그래서 나도 망설이지 않고 백조 다방으로 성애를 따라 올라갔다. 그녀는 주방으로 손수 들어가서 한참 동안 머물러 있더니 잠시 후 데운 우유와 카스테라 조각을 얹은 쟁반을 들고 내가 앉아 있는 곳으로 걸어왔다.

"왜 그 녀석들의 의심을 받게 됐어요? 어젯밤 술 마셨

drum 24 hours a day. The sound was steady and strong, almost furious, in fact. It got louder as we drew near the top.

"That shaman. Pathetic." She stood next to me and stared hard in the direction of the sound of the drum. "Where does she find the energy to beat her drum on this cold night? Is she trying to summon the spirits? I bet she could do that without beating her drum since this is the sort of place that would attract ghosts anyways. "Does she do that around the clock? When does she stop?"

"When she dies," I said. "Maybe she believes she's meant to beat the drum for as long as she lives."

"So this shaman never sleeps? She must be raving mad."

"I wouldn't say that. What sound could be more fitting for Nongol than the sound of a beating drum? It's a hundred times more fitting than bells or singing drunkards. You know why? Listen." I paused for a moment so we could take it in. "It might as well be the moans of people dying slowly from poison, or the sound of the truly mad trying to soothe their souls. Don't you think that's how it sounds?"

"I think you're mad too. To me, it's just terrifying.

어요?"

"술 마실 돈이 어디 있소? 지금 난 마시고 싶어도 못
마셔요."

"아 참, 그러네요. 그런데 왜 의심을 받았을까. 생각할
수록 우습고 이상해요. 우습지 않아요? 환자가 갑자기
깡패로 둔갑했으니."

"난 우습지 않소. 이 동네는 뭔가 이상해. 사람들이 모
두 백지처럼 멍청하구 무관심하다구. 멀쩡한 사람이 끌
려가도 누구 하나 증인이 되어 줄 생각도 않고 멍청하
게 구경한다구요. 게다가 그 매 맞은 녀석이나 경관은
또 어떻구? 마치 난폭한 장님들처럼 위험한 놈들이야.
난 논골이 싫어졌어요. 겁나고 왠지 무서워. 여기 머물
러 있다간 잘못 되어서 살인혐의를 뒤집어쓰고 끌려갈
지 누가 아나요? 어제처럼 운이 나쁘면 그렇게 될 가능
성은 언제나 있다구요."

"여길 떠나고 싶어요?"

"떠나고 싶고 말구요."

"그래서 떠나기로 했나요?"

"아니, 아직. 하지만 곧 떠날 거요. 내가 여기 오래 있
을 수 없다는 건 어젯밤에 알았어요."

It's even more terrifying in the dark. I never real-
ized a drum could sound so frightening."

"See how it's making you tremble. Tell me if I'm
right or wrong."

"The more important question is which way do I
go? You said we don't have to go down the same
way we came up."

"I almost forgot," I threw my hands in the air.
"Follow me."

I drew her to the other side. There was only the
dark in front of us but far below we could see the
lights.

"There's a way down there. I'd gone this way be-
fore a couple of times. Just go straight down and
you'll see the main road. Got it?"

"Wow, it's so dark," she squinted hard. "Are you
going back?"

"Yes, I have to. I'm not afraid to run into him any-
how. Will you be okay?"

"Don't worry about me. Get well soon and get
out of here as soon as you can."

"Thank you. Godspeed."

I was about to go but I remembered something. I
dug into the pocket of my trousers and went up to
her. "Take this. It's 3,000 *won*."

"어디로 가실 건데요?"

"나야 갈 곳이 있어요. 아무 때나 떠날 거요, 어느 날 갑작스럽게. 아무도 모르게끔 꺼져버리겠소."

"천당으로 갈 거예요? 이씨는 그곳을 알고 있다고 했죠? 알고 있다면 내게도 좀 가르쳐줘요. 나도 내일은 어디로 달아나야 하니까."

"참, 내일 그 녀석이 오는 날이오?"

"모레예요. 하지만 하루 먼저 떠나는 게 안전해요. 만약 모레 나가다가 그 녀석과 부닥쳐봐요. 난 끝장이에요."

나는 성애에게 방을 얻어주겠다고 장담한 사실이 있다. 그렇지만 성애는 그 일을 추궁하지 않았다. 나는 결코 농담으로 그런 말을 한 것은 아닌데, 처음부터 그녀는 내 말을 농담으로 받아들였던 모양이다. 내 바지 호주머니에는 현금 삼천 원이 고스란히 들어 있었지만, 이건 성애와의 약속을 이행하기에는 턱없이 모자란 돈이었다. 나는 그 돈을 그 자리에서 그녀에게 줘버릴까 하다가 필경 거절할 것 같아서 그냥 다방을 나와버렸다.

하루가 재빨리 지나갔다. 나는 성애가 언제 대문을 몰래 빠져나갈지 조마조마했다. 그런데 웬일인지 저녁 어

She took a few steps back, seeing the money in my hand. "What's this? Do you owe me?"

"That day you rescued me from the police station, I pawned my watch to keep my promise. Please take it, even if it's not enough."

"No," she shook her head. "I have enough to get by. I don't want to owe anyone. It'll just be a burden to me. Use it to buy yourself some medicine."

"If you don't take it I'll just throw it way," I said. "Just think about it as me paying you back."

I shoved the money into her hand and sprinted down the slope. I wasn't in my right mind. Before long, I couldn't hear the drum anymore. She must have been heading down the other side by then, holding the money against her will.

The next day, I was filled with remorse. The man at the cafe was nowhere to be seen when I checked the road. If he were indeed in Nongol, he would have come to the house for sure. Why wouldn't he when he supposedly had no qualms about killing people? Finding where she lived would be no trouble at all if he put his mind to it.

Still, he never showed up, and I had no choice but to admit that the man I had seen on the street wasn't him at all. It could have been a ghost or a

스름이 다가올 때까지 그녀는 꼼짝도 하지 않았다. 나는 영문을 알 수 없었다. 김씨라는 사내가 두렵다고 내게 말한 건 그녀의 속임수였을까. 아니면 차마 노인 내외 옆을 떠나기가 괴로워서 작별의 시간을 자꾸만 유예하고 있을까? 나는 그녀의 속셈을 몰랐다. 밤이 다가오자 공연히 내 마음이 불안하고 조바심쳤다. 그래서 나는 문 밖으로 뛰쳐나와 논골의 큰길을 천천히 오락가락하였다. 이맘때면 일당 노동자들이 드문드문 이 길을 지나가곤 했다. 어떤 때는 만취해서 큰소리로 가요를 열창하며 걸어갔고 어떤 자는 집에서 기다리는 아녀자에게 가져다 줄 선물을 흥정하려고 과일 가게, 빵 가게 그리고 노점 따위를 기웃거리며 거리에서 서성거리고 있었다. 거리는 여전히 어둑어둑해서 다가오는 사람의 얼굴을 분간하는 건 전혀 불가능했다. 그런데 바로 그때 그 어두운 길목에서 나는 어떤 사내의 얼굴을 알아봤던 것이다. 아니, 그것은 어디까지나 나의 판단이고 사실은 내가 허깨비를 봤거나 엉뚱한 사람을 그 사내로 오해했을지도 몰랐다. 그 사내는 쌀가게 앞에 서서 담뱃불을 붙이고 난 뒤 곧장 내 앞으로 걸어왔는데, 공교롭게도 쌀가게의 불빛이 잠깐 그의 얼굴을 비쳤던 것이다.

different man entirely. In other words, I had driven her out of the house because of my stupid mistake. I suppose I really was mad, just like she'd said.

She's asked me where she could find paradise, and I'd promised to tell her soon. I carried that lame joke to its conclusion by forcing her to leave home against her will.

A few years later, I learned that she never came back. I didn't recognize her father when he visited my office. He had aged rapidly, and he was wearing a gray traditional Korean overcoat and leaning on his cane. He kept wiping his nose with a handkerchief as he stood before me.

"How did you know I work here?" I offered him a seat.

He answered slowly after dabbing his nose again.

"You told me you would work in this building once you recovered. I forgot its name and I tried several other buildings. Then today, as I was passing by, I remembered this was the place."

"So you checked every office in the building?"

"Yeah, but I found you easily. What does this company do?"

"We build houses, big and small, on a contract basis. Can I offer you a cup of coffee?" I said.

"바로 그자다!"

순간 나는 마음속으로 외치고 그 자리에 우뚝 서버렸다. 짧은 고수머리, 검붉은 피부 빛깔, 뭔가 증오하고 있는 듯한 고약한 눈초리, 내가 기억하고 보았던 건 그런 몇 가지 특징이었지만 나는 그가 바로 성애가 말하는 김씨라고 단정해버렸다. 그 사내는 무심히 나와 엇갈려 지나갔다. 하루 먼저 이 거리에 그가 나타났다는 건 놀랄 일이 아니었다. 성애도 하루 먼저 행동하는 걸 생각해냈기 때문이다. 나는 곧장 집으로 달려왔다. 성애가 때마침 마루에 혼자 우두커니 앉아 있었다. 내가 손짓으로 부르자 그녀는 망설이지 않고 마당으로 나왔다.

"그 녀석이 나타났어."

나는 숨을 죽이고 재빨리 속삭였다.

"그 녀석이 누구예요?"

"그 녀석, 김씨 말이오."

"어디 있어요?"

"길거리에 있어."

"틀림없어요? 그 녀석 얼굴을 어떻게 기억하죠?"

나는 답변이 궁했다. 내가 그 얼굴을 기억하고 있다는 건 내 생각이라기보다 내 육감에 더 많이 의존했다. 그

"No, no, I don't drink coffee or smoke anymore. The doctor advised me against it." He made no mention of his illness then. "You're looking good. What do you do, by the way?"

"I make the blueprints. You need them to build houses."

"Of course. Were you also making them when you stayed in our house? I had no clue about what you did back then."

"Something like that, though I never did finish them. By the way, your daughter's back with you, right?"

The old man's face paled at my question. He wiped his nose again and sounded melancholy when he spoke.

"That's the reason I came here—she still hasn't come back. It's been a few years since she left and I wanted to bring her home since I don't have long to live. Don't you actually know where she is, Mr. Lee?"

His gaze on me was steely and he had dark shadows around his eyes. The suspicion in them made me shudder. I understood what he was thinking. She'd run away while I was staying with them, and I left only a couple of months later. He

렇다고 그녀에게 그렇게 말할 겨를이 없었다.

"틀림없소. 다방에서 봤지 않소?"

"그렇군요. 알았어요."

성애는 내 말에 재빨리 승복하고 안으로 뛰어 들어갔다. 그녀가 그다지 쉽게 승복한 건 두려움 탓이었을 것이다. 불과 사오 분도 지나지 않았을 때 성애가 다시 마당으로 나왔다. 이번에는 손에 조그만 보따리 하나를 들고 있었는데, 그건 바로 지난번 고개를 넘어올 때 들고 왔던 그 보따리였다.

"부모님은 알고 계시오?"

"몰래 나왔어요. 영감은 자고 있고 할매는 부엌에 있어요. 그런데 어떡하죠? 그 녀석이 행길에 버티고 있다면 어디로 빠져나가죠?"

"내가 길을 알고 있소. 감쪽같이 빠지는 길을 알고 있다구요. 나를 따라와요."

나는 벌써 문 밖으로 나섰다.

"어느 쪽이에요?"

뒤따라 나오며 성애가 겁먹은 소리로 물었다.

"저쪽이오."

나는 판잣집들이 밀집해 있는 야산 꼭대기를 손으로

must have gleaned a connection between the two events. Or maybe I was the only one he could think of who could have had anything to do with her. How could he possibly have known about those times we stood on top of the hill, listening to the shaman and her drum, together?

Anyway, he was mistaken. "I thought she came back a long time ago," my voice was even. "If I ever find out where she is, I'll do everything I can to bring her home."

"You mean it, don't you?"

"Of course, I do, sir. And if I know where to find her, I'll go and get her for you."

"What now?" He sighed deeply. "I'd always imagined I would find her if I managed to track you down. Now I have no hope left."

He pushed himself up on his cane. The snow that arrived overnight had blanketed the street. I saw him off at the gate, trying in vain to find words to comfort him.

After saying goodbye to my old landlady, I wandered aimlessly around the streets of Nongol. I dropped by the Swan Coffee Shop for a cup of coffee and bought a few cigarettes from the women by the road. When dusk fell, I climbed up the

가리켰다. 그곳은 내가 천당이 있노라고 그녀에게 거짓 말했던 바로 그 방향이었다. 나는 앞장서서 두더지처럼 상반신을 엎드리고 골목을 기어가다가 계단이 있는 지점에서 바로 왼편으로 꺾어서 다시 기어갔다. 다른 때 같으면 계단을 올라가서 큰길로 나가겠지만, 지금 큰길에는 성애가 지상에서 가장 기피하는 인간이 버티고 있기 때문에 그 길로 갈 수가 없었다. 골목으로 한참 기어가던 우리는 이윽고 야산의 발목 근처까지 와서 행길을 훌쩍 건너뛰었다. 그 짧은 시간에 그 녀석이 우리를 발견한다는 건 그야말로 천우신조가 아니고선 불가능한 일이었다.

"자, 이제부턴 산이니까 맘을 푹 놓아요. 악마라도 이 코오스는 알아내지 못할 거요."

비탈을 천천히 올라가며 나는 그녀를 안심시켰다.

"천당으로 가는군요."

성애도 그제서야 긴장이 풀리는 모양이었다.

"하지만 꼭대기로 올라가서 다음에는 어디로 빠지죠? 다시 내려와야 한다면 공연히 헛수고 하는 거 아니에요?"

"다시 내려오지 않아도 돼요. 이 길로는 말이오."

hillside crowded with shanties. I couldn't hear the sound of the drum, even as I neared the summit. Up there, it was lonely and quiet like a tomb. Had the shaman died while I was away? Hadn't I said she would keep beating the drum until she passed away?

Translated by Sohn Suk-joo

"그럼 어느 길로?"

"꼭대기로 올라가서 내가 가르쳐줄 거요."

나는 자신 있게 대답하고 걸음을 재촉했다. 야산 중턱을 지나자 길이 더욱 좁아지고 비탈의 경사가 심해갔다. 중턱을 지나면서부터는 가게의 불빛도 사라졌기 때문에 눈앞이 완전히 캄캄했다. 그래도 우리가 방향을 잃지 않은 건 이 길을 자주 지나갔던 나의 육감 덕분이었다. 고지로 오를수록 바람이 더욱 심해졌고, 숨이 가빠 걸음을 빨리 옮길 수가 없었다. 성애는 거의 필사적으로 내 뒤에 바싹 붙어서 따라왔다. 우리는 거의 산의 정상에 다가서고 있었다. 그리고 그때부터 내가 예상했듯이 북소리가 들리기 시작했다. 내가 여기 오를 때마다 북소리를 듣지 않은 때가 없고 보면, 그 무당은 밤낮없이 이십사 시간 동안 북을 두드리고 있음에 틀림없다. 북소리는 일정하고 빠른 박자로 맹렬하게 울렸으며, 우리가 산꼭대기에 접근할수록 점점 가까이서 크게 들렸다.

"지독한 무당이네. 이렇게 추운 밤에 무슨 청승일까? 귀신 부르느라고 저러는 걸까요? 그렇지 않아도 여긴 귀신 나오게 생겼는데."

성애가 옆으로 바싹 다가서며 투덜거렸다.

"종일 북을 치나보죠? 저 소리가 그칠 때는 언젤까요?"

"무당이 죽을 때겠죠. 살아 있는 동안은 북치는 게 자기 사업이라고 생각하는 사람일지 몰라요."

"무당은 잠도 안 자나? 미친 사람이군."

"난 그렇게 생각하지 않아요. 뭣보다 이 논골에는 저 북소리만큼 어울리는 소리가 없어요. 예배당 종소리나 술꾼들의 노랫소리보다 백 곱절 더 어울려요. 왜냐구요? 가만히 귀 기울여 들어봐요. 뭔가 독에 빠진 인간의 신음소리 같기도 하고, 반대로 진짜 미친 사람들의 혼을 달래는 소리 같기도 하죠. 그렇게 들리지 않아요?"

"아저씨도 미친 거로군요. 난 무섭기만 해요. 캄캄한 데서 들으니까 더욱 무섭네요. 북소리가 저렇게 겁주는 소린 줄 예전에 미처 몰랐어요."

"거봐요. 아가씨도 북소리에 떨고 있는 걸 좀 보라구. 내 말이 맞았나 틀렸나."

"그보다 난 어디로 갈까요? 우리가 왔던 길로는 다시 내려가지 않는다고 했잖아요?"

"내가 깜박 길을 가르쳐준다는 걸 잊었군. 이쪽으로

와봐요."

나는 성애를 우리가 올라왔던 반대쪽으로 데리고 갔다. 눈앞은 어두웠지만 멀리 발아래 불빛이 보였다.

"여기 길이 있어요. 전에 내가 두어 차례 내려가 본 일이 있다구요. 이쪽으로 곧장 내려가면 큰길이 나올 거요. 알겠소?"

"아이, 캄캄해라. 여기서 돌아가시겠어요?"

"난 돌아가야죠. 그까짓 김가 녀석 마주쳐도 난 겁날 것 없으니까요. 혼자 갈 수 있겠소?"

"걱정 없어요. 빨리 건강을 회복하세요. 그리고 논골에서 떠나시구."

"고맙소. 잘가요."

그러나 나는 돌아서다 말고 다시 그녀 쪽으로 다가섰다. 성애에게 주기 위해 마련했던 돈이 아직 고스란히 내 바지 주머니에 들어 있다는 게 생각났기 때문이다.

"이거 받아요. 삼천 원일 거요."

성애는 내 손을 보더니 소스라치게 놀라 뒤로 몇 발짝 물러났다.

"이게 무슨 돈이에요? 내가 아저씨께 꾸어준 돈이 있나요?"

"그날 파출소에 끌려갔던 날 전당포에 맡겼던 시계를 아주 팔아넘겼소. 내 딴에 약속을 지키려고 말이오. 몇 푼 안 되는 돈이지만 받아두시오."

"싫어요. 나 비상금은 있다구요. 빚을 지면 두고두고 괴로워요. 아저씨 약값이나 하세요."

"받지 않으면 여기다 버리겠소. 내가 아가씨 빚을 썼다고 생각하면 그만 아니오?"

나는 돈을 그녀의 손아귀에 억지로 쥐어주고 재빨리 그녀로부터 달아났다. 정신없이 비탈길을 나는 달려 내려왔다. 북소리도 이젠 들리지 않았다. 물론 성애는 하는 수 없이 돈을 받아들고 나와는 반대로 비탈을 내려갔을 것이었다.

성애가 떠난 뒤 이튿날로부터 나는 예기치 못했던 고민에 시달리기 시작했다. 그날 김씨라는 작자는 거리에 얼씬도 하지 않았다. 만약 그가 논골에 나타났다면 성애네 집 대문을 두드리지 않았을 까닭이 없었다. 사람을 죽일 수도 있다는 놈이 무슨 짓인들 못 하겠는가. 일단 논골에 와서 녀석이 이 집을 찾아낼 생각만 있다면 그건 시간 문제일 뿐이다. 그럼에도 불구하고 김가란 놈은 종일 얼씬도 하지 않았다. 그리고 다음 날도 그 다음 날도 마찬가지였다. 나는 성애가 떠난 날 내가 행길에서 목격한 인간이 가짜라는 결론에 도달했다. 내가 허깨비를 보았거나 가짜를 보았거나 둘 중 하나였다. 그리고 나의 작은 실수 때문에 성애는 가출을 서둘러 단행했다는 얘기가 된다. 나야말로 그녀 말마따나 미친 녀석이 아닌가.

"천당이 어딨어요? 천당을 가르쳐줘요."

"그래. 곧 가르쳐주겠소. 걱정 말아요."

나는 집을 떠나기 싫어하는 그녀에게 그 헤픈 농담을 정말 실행해버린 거나 다름없었다. 그것이 성애에게 마지막 가출이었다는 걸 알게 된 건 몇 해 뒤의 일이다.

김유생 노인이 사무실로 나를 찾아왔을 때 나는 처음 그를 잘 알아보지 못했다. 그는 몇 해 사이에 그만큼 쇠약해 있었다. 노인은 회색 두루마기를 입고 지팡이에 의지하며 사무실에 나타났는데, 콧물이 계속 흘러내려 잠깐 서 있는 사이에도 손수건으로 그걸 닦아내느라고 여념이 없었다.

"여길 어떻게 아시고 찾아 오셨습니까?"

의자를 권한 뒤 내가 묻자 그는 손수건을 꺼내어 흐르는 콧물을 다시 한 번 닦아낸 뒤 천천히 대답했다.

"전에 당신의 건강이 회복되면 이 빌딩에서 일할 거라고 말한 일이 있었소. 빌딩 이름이 생각나지 않아서 여기저기 여남은 군데 빌딩을 찾아 다녔더랬소. 오늘에야 이 앞을 지나가다 빌딩 이름이 생각났지 뭐요."

"아, 그랬었군요. 그래서 빌딩에 들어오셔서 이 방 저 방을 찾아보셨나요?"

"그런 셈이지, 하지만 쉽게 찾아냈지. 여긴 뭘 하는 곳이오?"

"집을 짓는 회삽니다. 큰 건물, 작은 건물 할 것 없이 청부를 맡아서 집을 지어주죠. 커피 한 잔 드시겠습니까?"

"아니, 관두시오. 요즘 커피도 담배도 못하고 있다오. 의사가 말렸다니까."

노인은 자신이 암을 앓고 있다는 사실만은 입 밖에 꺼내지 않았다.

"당신은 건강이 참 좋아 보이네. 그래, 여기서 이씨가 하는 일은 뭐지?"

"설계 도면을 그리지요. 집을 짓는 데는 도면이 꼭 있어야 하니까요."

"그래, 그때 우리 집에 있을 때도 도면을 그리고 있었소? 난 전혀 몰랐지."

"그런 셈이죠. 하지만 끝내 한 장도 완성하지 못했어요. 참, 따님은 돌아왔겠죠?"

그제서야 나는 성애의 일을 물어봤다. 그 순간 노인의 얼굴이 더욱 창백해졌다. 그가 콧물을 다시 한 차례 닦아낸 뒤 아주 음산한 표정으로 천천히 말했다.

"실은 내가 당신을 만나려고 애쓴 이유가 그 애 때문이었소. 그 앤 돌아오지 않았소. 몇 해 될 거요. 이젠 내가 떠날 날이 가까워 오니까 그 애를 집에 찾아다 놓아야겠단 생각이 들어요. 어떻소? 성애 있는 데를 이씨도 모르오?"

눈자위에 검은 그림자가 깊게 드리운 무서운 눈초리로 노인이 나를 쏘아 보았다. 그 눈빛은 혐의자를 바라보는 눈빛이었다. 나는 몸이 오싹했다.

동시에 노인의 심중을 재빨리 간파했다. 이 노인은 나를 의심하고 있다. 내가 그 방에 있을 때 성애가 가출했고, 그런 뒤 불과 몇 달 뒤에 내가 그곳을 떠났기 때문에 그 두 개의 근접된 사건 사이의 시간에 어떤 의미를 두고 있다. 그렇지 않으면 노인의 기억 속에 떠오르는 유일한 젊은 남자가 나 한 사람뿐일 수도 있다. 설마 북소리가 들리던 그 야산 꼭대기의 정경을 노인이 알고야 있을라구. 어떤 경우나 노인의 착각이 빚어낸 혐의라는 건 두말 할 필요가 없었다. 그 모든 걸 이해한 뒤 나는 차분하게 말했다.

"저는 따님이 벌써 돌아왔을 줄만 알았지요. 따님 있는 곳을 만약 제가 알고 있다면 지금이라도 만사 젖혀 두고 따님을 찾아다 드리고 싶군요."

"그게 진심에서 하는 말이오?"

"진심이구 말구요. 있는 곳만 알 수 있다면 어디든지 찾아가서 아버님께 데려다 드리죠."

"이걸 어떡한다?"

노인은 땅이 꺼지게 한숨을 쉬었다.

"난 이씨만 만나보면 그 애가 있는 곳을 알 수 있을 거라고 믿었더랬소. 이젠 믿을 거라곤 하나도 없다오."

그는 지팡이에 의지하며 일어섰다. 바깥 행길에는 간밤에 내린 눈이 보료처럼 깔려 있었다. 나는 빌딩 현관까지 노인을 배웅했다. 그때 내가 노인을 위로할 수 있는 말을 한마디나마 찾아낼 수 있었다면 좋았으련만 불행히도 나는 아무 말도 할 수 없었다.

나는 뚱보 할매와 헤어진 뒤 논골 거리를 한참 헤매

고 걸어 다녔다. 백조 다방으로 올라가서 커피도 시켜 마셨고, 개비 담배를 파는 아줌마들의 노점에도 들러서 담배 몇 개비를 사 피우기도 했다. 그리고 저녁 어스름이 되자 판잣집들이 밀집해 있는 야산의 비탈길을 기어 올라갔다. 꼭대기에 다다르자 웬일인지 북소리가 들리지 않았다. 그 부근은 진짜 무덤처럼 을씨년스럽고 적막하기만 했다. 그 사이 무당이 죽어버렸을까? 정말 스스로 목숨이 다하기 전에는 좀처럼 북소리를 그쳐주지 않을 것 같던 무당이 아니었나.

『친구』, 범우사, 2010

해설

Afterword

시대 현실의 질곡에 갇힌 인간 존재의 심부

정홍수 (문학평론가)

등단작 「투계」(1967)에 잘 그려져 있듯, 고립과 격절, 폐쇄의 공간에 갇힌 인간 존재의 우울과 무력감은 송영 소설의 기본적인 세계상(像)이다. 간혹 전도 목적으로 들르는 듯한 어떤 아낙 외에 찾는 이 없는 시골 관사가 소설의 무대인데, 작가는 그 외진 곳에서조차 더 어둡고 차단된 공간을 찾아들어 닭싸움에 골몰하는 한 청년의 폭력적 기행(奇行)을 전후 맥락 없이 뚝 잘라 보여준다. 청년은 기어코 그 병적인 싸움에서 승리를 거머쥐는 것처럼 보이지만, 소설은 이 이상한 투계의 이야기가 세상에서 패배하고 밀려난 자의 뒤틀리고 무력한 자기 학대와 자기 파괴의 그것임을 시종 섬뜩하게 암시한

Depth of Human Existence Imprisoned
in Social Reality

Jeong Hong-su (literary critic)

As was very clear in Song Yong's debut short story, "Cockfighting"(1967), the sense of depression and helplessness of human existence, confined within the space of isolation, separation, and closure, is the central motif in Song Yong's fictional world. "Drumbeat" is set in a country official residence where the only occasional visitor is a Christian missionary woman. What this novel shows is a scene of bizarre violence by a young, cock fighting-absorbed man who seems to occupy an even darker, more isolated space than his actual starkly remote physical residence. Although the young man appears to manage to win the sadistic fight,

다. 청년의 삶은 세상과 격절된 채 닫혀 있고, 소설 마지막에 출현하는 검은 법의의 서양 신부는 구원의 가능성보다는 부조리한 상황의 비극성을 더 떠올리게 만든다. 이렇듯 격절되고 폐쇄된 공간을 알레고리화하면서 인간 실존의 어둠을 집중적으로 포착하는 송영 특유의 개성적이고 세련된 미학은 개발독재의 폭압적 체제가 지배하던 70년대 한국사회의 시대적 현실과 구체적으로 만나면서 좀더 심화되고 확장된 소설적 영토를 열어나가게 된다. 「선생과 황태자」(1970)의 '군대 감방', 「중앙선 기차」(1971)의 '만원 기차간' 등이 그 좋은 예라 할 수 있는데, 여기서 닫힌 공간의 알레고리는 개인의 좌절과 무기력을 그리는 데 그치지 않고 그 개인들의 삶을 제약하는 시대 현실의 모순까지 풍성하게 담아낸다.

「북소리」(1979) 역시 무대가 되는 공간만으로도 송영 소설 고유의 시선과 이야기를 생성해낸다는 점에서 주목된다. 시내에서 들어오려면 높은 고개를 넘어야 하는 '논골'은 독립된 분지라고 할 수 있는데, 사방을 둘러봐도 부잣집이라고는 찾아볼 수 없는 가난한 변두리 동네다. 6, 70년대 산업화의 가장 밑자리에서 힘겹게 하루하루를 살아가던 이들이 주민의 대다수인 셈이다. 「북소

what's suggested throughout this grisly story is that it is really the story of someone lost in a helpless cycle of self-abuse and self-destruction after his defeat and isolation by the world. This young man's life is completely cut off from the world, and the black-clad Western priest at the novel's end suggests the tragedy of this absurd situation rather than the possibility of any sort of redemption. These unique and refined aesthetics specific to Song Yong, in which he captures the darkness in human existence by allegorizing an isolated, closed space, deepens and expands our novelistic territory through the years of a more fixed, concrete reality of Korea in the 1970s. The military prison in *Teacher and the Crown Prince* (1970) and the crowded train in "The Central Line" (1971) are excellent examples in which Song captures the contradictions inherent in a reality that oppresses individuals' lives. Song moves beyond simply describing individual frustration and helplessness in his closed, allegorical space.

"Drumbeat" is another fascinating example of Song's imagination producing a narrative unique to Song simply through its setting. Nongol, an isolated basin accessible only after climbing a perilously

리」는 지금은 도시에서 직장인으로 살아가는 남성 화자 '나'가 한때 머물렀던 '논골'의 하숙집을 찾아 옛일을 회상하는 방식으로 되어 있다. 위장병을 앓으며 반실업자로 지내던 그 시절, 화자는 하숙집 딸 '성애'에게 이렇게 말한다. "이 마을로 들어오면 누구나 무기력해지고 가난에 젖어버린다고, 그래서 나도 곧 여길 떠나고 싶은데 그게 잘 되지 않아요." 도시의 유흥가에서 일하는 것으로 짐작되는 성애 역시 부모의 바람을 거스르고 틈만 나면 집을 나간다. 그러니까 '논골 분지'는 세상에서 밀려난 이들이 모인 닫힌 공간이며, 다들 고개 너머 저쪽 화려한 도시를 꿈꾸며 살아가고 있을 뿐이다. 시내로 나가는 길목에 있는 전당포의 위압적인 간판과 고개 마루턱의 다 쓰러져가는 교회당의 초라한 모습이 대비를 이루는 가운데, 이 분지 동네의 상황을 압축하고 있는 상징이 동네 야산 꼭대기에서 들려오는 무당집 '북소리'다. 이명처럼 들려오는 그 북소리는 "뭔가 독에 빠진 인간들의 신음 소리" 같기도 하고, "미친 사람들의 혼을 달래는 소리" 같기도 하다. 화자는 북소리의 진원지이기도 한 그 야산 정상을 '천당'이라 부르기도 했거니와, 쫓기는 성애를 그 '가짜 천당' 너머 저편 도시로 탈출시키

148

high ridge, is an extremely poor, marginalized village where not even a single rich family exists. Most of its residents are made up of the class of people who barely managed to survive during Korea's 1960s and 70s industrialization period.

"Drumbeat"'s narrative consists chiefly of the male narrator's recollections. We learn through these memories that the narrator once boarded in this village while visiting. While suffering from inveterate dyspepsia and partial unemployment, he once tells Seong-ae, the boarding house owner's daughter: "It seems to me that whoever comes to this village is doomed to feel helpless and end up poor. Like you, I want to get out of this place, but it's not easy." Seong-ae, most likely an urban red light district worker, leaves home whenever she can despite her parents' wishes. In other words, Nongol Basin is an isolated space where only those who have been pushed out of larger society live, forever only dreaming of the splendid city beyond the ridge. While the overpowering pawnshop signpost to the city contrasts with the dilapidated church building by the ridge, the drumbeat from the shaman's house epitomizes this basin village situation. This drumbeat sounds like "the moans of

는 장면은 이 소설의 비극적 아이러니를 웅변한다. '북소리'가 결국 환멸의 환청으로 귀결될 수밖에 없듯, 야산 '너머'의 길 역시 새로운 세계로의 탈출구는 아니기 때문이다. 오 년 만에 다시 찾은 논골은 하숙집 주인 할아버지의 죽음 말고는 거의 변한 것이 없다. 성애는 여전히 집 밖으로 떠돌고 있고, 가난의 풍경도 그대로다. 다만 한 가지, 그새 무당이 죽은 것일까. 야산에 올랐지만 더 이상 북소리는 들려오지 않는다. 그리고 이 순간, 이 소설은 다시 한번 암담하게 닫히면서 끝난다. 그러나 이 '닫힘'에는 미묘한 울림이 있는데, '논골' 안팎의 경계가 여기서 역전되고 있기 때문이다. '논골'을 다시 찾은 화자의 행동이 암시하듯, '논골' 고개턱 너머 세계는 약속의 땅이 아니다. 위장병은 치유되었는지 모르나, 도시의 사무실을 지키고 있는 화자의 삶에 꿈이 깃들 자리는 없다. 아마도 화자는 '북소리'를 다시 듣고 싶어 '논골'을 찾았을 테지만, 이제 '북소리'마저 사라진 그곳에서 그는 다시 한번 길을 잃는다. 이렇듯 송영의 「북소리」는 70년대 서울 변두리 하층민의 생활공간을 풍부한 상징과 암시 속에 재현하는 가운데, 시대 현실의 질곡에 갇힌 인간 존재의 막막한 심부(深部)에 이르고 있다.

people dying slowly from poison" or "the sound of the truly mad trying to soothe their souls." The narrator calls the top of hill, the source of that drumbeat, "paradise," and so the scene in which the narrator helps the pursued Seong-ae escape beyond that pseudo-paradise to the city eloquently speaks to the tragic irony in Song's novel. The road beyond the hill is not an escape route to a new world—the drumbeat ultimately becomes an auditory hallucination of disillusionment. Nongol hasn't changed much except for the death of the elderly owner of the boarding house, when the narrator visits five years later. Seong-ae still wanders around away from home and the village's poverty remains the same. Perhaps, since the shaman died, the drumbeat remains unheard from the hill. And it is at this very moment that the novel ends on this final, depressing note.

But, there is a subtle reflection in this final scene's closure as the relationship between the inside and outside of Nongol reverses for just a moment. As is suggested by the narrator's revisit to Nongol, the world outside of Nongol's ridge is not the Promised Land. Although the narrator might be relieved of his inveterate dyspepsia, the narrator has no room for dreams in his life as he reflects in his city office. Most likely, the narrator only revisits Nongol because he wanted to hear that drumbeat again. And even then he loses his way at the point, where the drumbeat disappears. Through his rich, and symbolic representation of marginalized classes, Song Yong's "Drumbeat" reaches deeply into the bottomless of a human existence entrenched in a stark reality.

비평의 목소리

Critical Acclaim

송영의 소설은 자신을 소외시킨 세계와 자신이 만든 세계 사이의 불화를 주제로 한다. 그의 소설이 주관적인 체험에서 시작하고 있으면서도 추상적으로 끝나는 것은 그 불화 때문이며, 그것이 그의 소설을 예술적으로 건져내고 있는 요소이다. 송영의 소설이 그의 주변의 변두리 삶을 묘사할 때에도 단순한 세태소설로 끝나지 않고, 개인적인 결단을 그릴 때에도 지식인 특유의 제스처 소설로 끝나지 않는 것도 그 불화 때문이다. 그는 그의 주관성과 그의 주변 상황과의 간극을 투철하게 깨닫고 있다. 그것이 그의 소설 주인공들의 좌절의 근본 요인이기도 하다.　　　　　　　　　　　김현

The theme of Song Yong's novels is the discord between the world that alienated him and the world he creates. His novels begin with his subjective experiences and end abstractly precisely for this reason, ultimately saving his novels' artistic merits. It is also because of this disjunction that his novels of marginalized lives do not end as mere descriptions of the state of things, his descriptions of personal resolution producing more than simple novels prompting intellectual gestures. Song is deeply aware of the gap between his subjectivity and his environment, often also the cause of his main characters' frustrations.   Kim Hyeon

송영은 서정인과 더불어 아마 현역작가 중 가장 매끄러운 단편 구성의 기교를 터득한 작가라 하겠는데, 그만큼 그에게는 소시민적 엘리트 의식에 흐를 위험도 있는 것 같다. 이 작가 특유의 감수성과 집념이 사회에서 버림받은 삶에 대한 절실한 고발로 결실하는 것은 변두리 지역보다도 감옥이라는 특수한 상황을 다룰 때다. 특히 중편 「선생과 황태자」는 1950년대 손창섭의 걸작 「인간동물원초」의 세계를 일층 확대, 심화시킨 빛나는 작품으로서 군 형무소 생태의 박진적 묘사인 동시에 한 시대 전체의 상징으로서도 호소력을 갖는다.

백낙청

송영의 특징은 무엇보다 그 소설 전개 방식에 있어서 두드러지게 나타나는 짜임새 있는 소설 공간이라고 말할 수 있다. 작가의 대표작이라고 할 수 있는 중편 「선생과 황태자」를 보기로 삼는다면 그것은 감방이다. 이 감방은 군대의 감방으로 설정되어 있는데 그 속에 기결, 미결의 많은 죄수들이 함께 살고 있다. 소설 속의 화자 역시 죄수의 한 사람으로서, 그는 화자인 동시에 소설의 시점 노릇을 하고 있다.

김주연

Together with Mr. Su Jung-in, Mr. Song Yong is probably one of two active authors who have mastered the most savvy of short story writing techniques. For this reason, then, Song also seems to be in danger of espousing a brand of petit bourgeois elitism. But it is when Song deals with the specific realities of prison that his unique sensibilities and passion for the marginalized produce serious societal critiques. In particular, his novella, *Teacher and the Crown Prince*, expands and deepens the world of Son Chang-seop's 1950s masterpiece, "Human Animal Source." It is an engaging symbol of a period as a whole at the same time as it serves as a truthful description of military prison ecology.

Baek Nak-cheong

Song Yong's novels and short stories are characterized by their well-organized fictional space in line with their narrative development. In his masterpiece novella, *Teacher and the Crown Prince*, that space is prison, more accurately, a military prison. The narrator of this novella is also a prisoner who provides this novella a main perspective.

Kim Ju-yeon

어떤 점에서 보면 등장인물들이 작가의 의도나 관념의 줄에 매달린 '마리오네트'가 행동하고 있는 것처럼 느껴진다. 그런데도 전혀 관념적으로 느껴지지 않는 것은 그가 눈에 보이는 것들을 사실적으로 찬찬히 그리되, 표 나지 않게 설정한 메타포의 복선들은 문장의 배면에 숨어 있기 때문이다. 그냥 줄거리로 읽어도 우스꽝스럽거나 풍자적인 얘깃거리가 될 뿐더러 책을 접고 곰곰이 생각해보면 그 상징적 의미의 진면목이 서서히 뇌리에 떠오르게 된다. 이러한 공중전이 매우 '능청스러울' 정도다. 그의 단편은 따라서 인생을 실감나게 재현하려는 것보다는 살아가는 자가 지어낸 '인상적 장면'의 찰나를 슬쩍 보여주면서 '여기 좀 봐!' 하면서 시치미를 떼는 것 같다. 그의 많은 단편들이 이를테면 '블랙코미디'라고 할 정도로 풍자적인데 웃으며 눈물이 나는 그런 식이다. 그러면서 전망은 암울하게 닫혀 있는 채로 끝난다. 무엇인가 묵직하고 답답한 것이 가슴에 걸린 채로 마지막 문장을 읽게 되는 것이다.

황석영

In some way, characters look as if they act like marionettes tied to the strings of the author's intentions or concepts. Still, Song's novels rarely feel abstract. He serenely and realistically describes only the visible and concrete while discreetly foreshadowing what lies behind them. When you read Song, you enjoy him for his satires, but it is only when you close the book and further reflect upon him that you can slowly perceive his works' symbolic meanings. One might describe this sort of interaction as even cunning. Instead of a lifelike representation of his characters' lives, his short stories seem to gently guide our attention to one of a series of impressive scenes before simply turning away. His many short stories are so satirical we might classify them as black comedies. We laugh and yet, at the end of the story, they remain depressing and hopeless. We read their last sentences with a lump in our throat.

Hwang Sok-yong

송영

　송영은 1940년 전남 영광에서 태어났다. 초등학교 교장이던 부친 밑에서 비교적 평탄하게 자랐으나, 열한 살 때인 1950년 한국전쟁이 발발하면서 혼돈스러운 성장기를 겪게 된다. 중학교 졸업 후 부친의 근무처인 염산의 학교 관사에서 3년여 동안 두문불출의 고독한 시절을 보내는데, 이때의 체험은 등단작 「투계」의 밑거름이 된다. 검정고시를 거쳐 1959년 한국외국어대학교 독어과에 들어간 뒤, 1963년 졸업과 함께 해병대 간부후보생으로 입대했다가 훈련 중에 탈영한다. 이후 7년여 동안 군무 이탈자로 떠돌면서 가정교사, 학원 강사, 여관 종업원, 임시직 교사 등을 전전한다. 1967년 단편 「투계」를 《창작과비평》에 발표하며 등단하나 계속되는 떠돌이 생활로 작품 활동을 지속하지 못한다. 1969년 중학교 교사로 근무하던 중 군수사대에 검거되어 군 교도소에 수감된다. 「투계」를 읽은 군 법무관의 호의와 그 밖의 정상이 참작되어 몇 개월 만에 형집행정지로 석방되는데, 1970년 이때의 경험을 바탕으로 쓴 중편 「선생

Song Yong

Born in Yeong-gwang, Jeollanam-do in 1940, Song Yong grew up in a relatively stable family under his elementary school principal father. All of this changed overnight, however, when the Korean War broke out in 1950, throwing him into confusing period of adolescence. After graduating from middle school, he confined himself to his father's official residence in Yeomsan for three years. It was this experience living a secluded life that eventually became the source for his short story, "Cockfighting."

After passing the high school equivalency test, he entered Department of German literature at Hankuk University of Foreign Studies in 1959. As soon as he graduated from college, he enlisted as a military cadet in the Marine Corps but deserted during his training. For the next seven years, he wandered the country as a military deserter working odd jobs as a private tutor, private instructor, innkeeper, and temporary teacher. Eventually, he made his literary debut in 1967 when his short story "Cockfighting"

과 황태자」를《창작과비평》에 발표하면서 문단의 주목을 받게 된다. 그리고 문단의 주목에 화답하듯 송영은 잇달아 개성적인 문제작을 쏟아내면서 작가적 입지를 굳힌다. 1971년 또 다른 화제작「중앙선 기차」를 발표한 데 이어,「님께서 오시는 날」(1972),「생사확인」(1972),「마테오네 집」(1973),「미화작업」(1973),「미끼」(1974) 등을 연이어 발표하고, 1974년 첫 번째 소설집『선생과 황태자』를 출간한다. 이후 장편에도 힘을 기울여『그대 눈 뜨리』(1976),『달빛 아래 어릿광대』(1976) 등을 펴낸다. 1978년 가정을 이루고, 1979년에 단편「의사 김씨」「북소리」 등을 발표, 1980년 두 번째 소설집『지붕 위의 사진사』를 출간한다. 이후로도 장편『아파트의 달』(1983),『은하수 저쪽에서』(1988),『또 하나의 도시』(1990),『금지된 시간』(1990) 등과 소설집『비탈길 저 끝방』(1989),『발로자를 위하여』(2003),『새벽의 만찬』(2005) 등을 펴내며 꾸준히 작가적 지평을 넓혀왔다. 그의 작품 중 중편「북소리」「중앙선 기차」는 1990년 중국 상해역문출판사의《소설문예》에 번역 수록되었다. 2002년에는「계절」이 독일어판《현대한국단편선》에 번역 수록되었고, 2003년에는 단편「계단에서」가, 2009년에는 중편「선생과

was published at the *Quarterly Changbi*, but soon found he could not continue to write because of his wandering life.

In 1969, Song was arrested and imprisoned by the military police while working as a temporary schoolteacher. He was released only several months later, though, due to a stay of execution administered by a military judicial officer who read "Cockfighting" and considered various other circumstances. He then wrote the novella *Teacher and the Crown Prince*, which was published in *the Quarterly Changbi* and drew him extensive positive critical attention for the first time. As if Song responding to this new wave of positive attention, he continued to write popular stories known for their unique and interesting qualities, thus solidifying his status in the literary world. After the 1971 publication of "The Central Line," another short story of notice, notable short stories such as "The Day My Lover Comes" (1972), "Confirming Life and Death" (1972), "Mateo's House" (1973), "Beautification Work" (1973), and "Bait" (1974) were also published to critical and popular acclaim. This resulted in the publication of his first short story collection, *Teacher and the Crown Prince*, in 1974.

황태자」와 단편 「삼층집이야기」가 미국 문학지 《Metha-morphoses》에 번역 수록되었다. 그 외에도 단편 「친구」가 미국 《Cealsea》에, 단편 「계절」이 《The Literary Review》에 번역 수록되었다. 2007년에는 작품집 『부랑일기』가 『Diary of a Vagabond』(미국 Codhill Press출판사)로 번역 출간되었다. 단편 「님께서 오시는 날」은 한러수교 기념 한국작품선 《Neva》(상트페테르부르그)에 번역 수록된 바 있다. 「부랑일기」는 PEN AMERICA에 소개되어 번역상을 수상한 작품이다. 1987년 제32회 현대문학상을 수상했다. 작가는 현재 러시아 여행 경험을 바탕 삼은 장편과 젊은이를 위한 음악가이드북을 집필하고 있다.

Song's published works since then include the short story collections *Photographer on the Roof* (1980), *The Room at the Far End of the Slope* (1989), *For Valyozha* (2003), and *Dinner at Dawn* (2005) and the novels *Thou Shalt Open Thy Eyes* (1976), *A Clown Under the Moonlight* (1976), *Moon at Apartment* (1983), *From the Other Side of the Milky Way* (1988), *Another City* (1990), and *Forbidden Time* (1990). *Drumbeat* and "The Central Line" were translated into Chinese and published in *Xiaoshuo Wenyi*(小說文藝). In 2002, "Season" was translated into German and included in *Modern Korean Short Stories* published in Germany. A number of his short stories were also translated into English and published in various issues of literary journals such as *Metamorphoses* and *The Literary Review*, while his short story collection, *Diary of a Vagabond*, was published by Codhill Press in 2007. His translated short story "Diary of a Vagabond" won the PEN America Translation Award. "The Day My Lover Comes" was translated into Russian and was included in the translated Korean short story collection *Neva* published in St. Petersburg. He won the *Hyundae Munhak* Award in 1987. He is currently writing a novel based on his Russian travels and a music guidebook for young adults.

번역 **손석주** Translated by Sohn Suk-joo

손석주는 《코리아타임즈》와 《연합뉴스》에서 기자로 일했다. 제34회 한국현대문학 번역상과 제4회 한국문학번역신인상을 받았으며, 2007년 대산문화재단 한국문학 번역지원금을 수혜했다. 호주 시드니대학교에서 포스트식민지 영문학 연구로 박사 학위를 받았으며 미국 하버드대학교 세계문학연구소(IWL) 등에서 수학했다. 현재 동아대학교 교양교육원 조교수로 재직 중이다. 인도계 작가들 연구로 논문들을 발 표했으며 주요 역서로는 로힌턴 미스트리의 장편소설 『적절한 균형』과 『그토록 먼 여행』, 그리고 전상국, 김인숙, 김원일, 신상웅, 김하기 등 다수의 한국 작가 작품을 영역했다. 계간지, 잡지 등에 단편소설, 에세이, 논문 등을 60편 넘게 번역 출판했 다.

Sohn Suk-joo, a former journalist for *the Korea Times* and *Yonhap News Agency*, received his Ph.D. degree in postcolonial literature from the University of Sydney and completed a research program at the Institute for World Literature (IWL) at Harvard University in 2013. He won a Korean Modern Literature Translation Award in 2003. In 2005, he won the 4th Korean Literature Translation Award for New Translators sponsored by the Literature Translation Institute of Korea. He won a grant for literary translation from the Daesan Cultural Foundation in 2007. His translations include Rohinton Mistry's novels into the Korean language, as well as more than 60 pieces of short stories, essays, and articles for literary magazines and other publications.

감수 **전승희, 데이비드 윌리엄 홍**
Edited by Jeon Seung-hee and David William Hong

전승희는 서울대학교와 하버드대학교에서 영문학과 비교문학으로 박사 학위를 받 았으며, 현재 하버드대학교 한국학 연구소의 연구원으로 재직하며 아시아 문예 계 간지 《ASIA》 편집위원으로 활동 중이다. 현대 한국문학 및 세계문학을 다룬 논문 을 다수 발표했으며, 바흐친의 『장편소설과 민중언어』, 제인 오스틴의 『오만과 편 견』 등을 공역했다. 1988년 한국여성연구소의 창립과 《여성과 사회》의 창간에 참 여했고, 2002년부터 보스턴 지역 피학대 여성을 위한 단체인 '트랜지션하우스' 운 영에 참여해 왔다. 2006년 하버드대학교 한국학 연구소에서 '한국 현대사와 기억' 을 주제로 한 워크숍을 주관했다.

Jeon Seung-hee is a member of the Editorial Board of *ASIA*, and a Fellow at the Korea Institute, Harvard University. She received a Ph.D. in English Literature from Seoul National University and a Ph.D. in Comparative Literature from Harvard University. She has presented and published numerous papers on modern Korean and world literature. She is also a co-translator of Mikhail Bakhtin's *Novel and the People's Culture* and Jane Austen's *Pride and Prejudice*. She is a founding member of the Korean Women's Studies Institute and of the biannual Women's Studies' journal *Women and Society* (1988), and she has been working at 'Transition House,' the first and oldest shelter for battered women in New England. She organized a workshop entitled "The Politics of Memory in Modern Korea" at the Korea Institute, Harvard University, in 2006. She also served as an advising committee member for the Asia-Africa Literature Festival in 2007 and for the POSCO Asian Literature Forum in 2008.

데이비드 윌리엄 홍은 미국 일리노이주 시카고에서 태어났다. 일리노이대학교에서 영문학을, 뉴욕대학교에서 영어교육을 공부했다. 지난 2년간 서울에 거주하면서 처음으로 한국인과 아시아계 미국인 문학에 깊이 몰두할 기회를 가졌다. 현재 뉴욕에서 거주하며 강의와 저술 활동을 한다.

David William Hong was born in 1986 in Chicago, Illinois. He studied English Literature at the University of Illinois and English Education at New York University. For the past two years, he lived in Seoul, South Korea, where he was able to immerse himself in Korean and Asian-American literature for the first time. Currently, he lives in New York City, teaching and writing.

바이링궐 에디션 한국 대표 소설 071

북소리

2014년 6월 6일 초판 1쇄 인쇄 | 2014년 6월 13일 초판 1쇄 발행

지은이 송영 | 옮긴이 손석주 | 펴낸이 김재범
감수 전승희, 데이비드 윌리엄 홍 | 기획 정은경, 전성태, 이경재
편집 정수인, 이은혜 | 관리 박신영 | 디자인 이춘희
펴낸곳 (주)아시아 | 출판등록 2006년 1월 27일 제406-2006-000004호
주소 서울특별시 동작구 서달로 161-1(흑석동 100-16)
전화 02.821.5055 | 팩스 02.821.5057 | 홈페이지 www.bookasia.org
ISBN 979-11-5662-018-1 (set) | 979-11-5662-033-4 (04810)
값은 뒤표지에 있습니다.

Bi-lingual Edition Modern Korean Literature 071

Drumbeat

Written by Song Yong | **Translated by** Sohn Suk-joo
Published by Asia Publishers | 161-1, Seodal-ro, Dongjak-gu, Seoul, Korea
Homepage Address www.bookasia.org | **Tel**. (822).821.5055 | **Fax**. (822).821.5057
First published in Korea by Asia Publishers 2014
ISBN 979-11-5662-018-1 (set) | 979-11-5662-033-4 (04810)

〈바이링궐 에디션 한국 대표 소설〉 작품 목록(1~60)

아시아는 지난 반세기 동안 한국에서 나온 가장 중요하고 첨예한 문제의식을 가진 작가들의 작품들을 선별하여 총 105권의 시리즈를 기획하였다. 하버드 한국학 연구원 및 세계 각국의 우수한 번역진들이 참여하여 외국인들이 읽어도 어색함이 느껴지지 않는 손색없는 번역으로 인정받았다. 이 시리즈는 세계인들에게 문학 한류의 지속적인 힘과 가능성을 입증하는 전집이 될 것이다.

바이링궐 에디션 한국 대표 소설 set 1

분단 Division

01 병신과 머저리-**이청준** The Wounded-**Yi Cheong-jun**

02 어둠의 혼-**김원일** Soul of Darkness-**Kim Won-il**

03 순이삼촌-**현기영** Sun-i Samch'on-**Hyun Ki-young**

04 엄마의 말뚝 1-**박완서** Mother's Stake I-**Park Wan-suh**

05 유형의 땅-**조정래** The Land of the Banished-**Jo Jung-rae**

산업화 Industrialization

06 무진기행-**김승옥** Record of a Journey to Mujin-**Kim Seung-ok**

07 삼포 가는 길-**황석영** The Road to Sampo-**Hwang Sok-yong**

08 아홉 켤레의 구두로 남은 사내-**윤흥길** The Man Who Was Left as Nine Pairs of Shoes-**Yun Heung-gil**

09 돌아온 우리의 친구-**신상웅** Our Friend's Homecoming-**Shin Sang-ung**

10 원미동 시인-**양귀자** The Poet of Wŏnmi-dong-**Yang Kwi-ja**

여성 Women

11 중국인 거리-**오정희** Chinatown-**Oh Jung-hee**

12 풍금이 있던 자리-**신경숙** The Place Where the Harmonium Was-**Shin Kyung-sook**

13 하나코는 없다-**최윤** The Last of Hanak'o-**Ch'oe Yun**

14 인간에 대한 예의-**공지영** Human Decency-**Gong Ji-young**

15 빈처-**은희경** Poor Man's Wife-**Eun Hee-kyung**

바이링궐 에디션 한국 대표 소설 set 2

자유 Liberty

16 필론의 돼지-**이문열** Pilon's Pig-**Yi Mun-yol**

17 슬로우 불릿-**이대환** Slow Bullet-**Lee Dae-hwan**

18 직선과 독가스-**임철우** Straight Lines and Poison Gas-**Lim Chul-woo**

19 깃발-**홍희담** The Flag-**Hong Hee-dam**

20 새벽 출정-**방현석** Off to Battle at Dawn-**Bang Hyeon-seok**

사랑과 연애 Love and Love Affairs

21 별을 사랑하는 마음으로-윤후명 With the Love for the Stars-Yun Hu-myong

22 목련공원-이승우 Magnolia Park-Lee Seung-u

23 칼에 찔린 자국-김인숙 Stab-Kim In-suk

24 회복하는 인간-한강 Convalescence-Han Kang

25 트렁크-정이현 In the Trunk-Jeong Yi-hyun

남과 북 South and North

26 판문점-이호철 Panmunjom-Yi Ho-chol

27 수난 이대-하근찬 The Suffering of Two Generations-Ha Geun-chan

28 분지-남정현 Land of Excrement-Nam Jung-hyun

29 봄 실상사-정도상 Spring at Silsangsa Temple-Jeong Do-sang

30 은행나무 사랑-김하기 Gingko Love-Kim Ha-kee

바이링궐 에디션 한국 대표 소설 set 3

서울 Seoul

31 눈사람 속의 검은 항아리-김소진 The Dark Jar within the Snowman-Kim So-jin

32 오후, 가로지르다-하성란 Traversing Afternoon-Ha Seong-nan

33 나는 봉천동에 산다-조경란 I Live in Bongcheon-dong-Jo Kyung-ran

34 그렇습니까? 기린입니다-박민규 Is That So? I'm A Giraffe-Park Min-gyu

35 성탄특선-김애란 Christmas Specials-Kim Ae-ran

전통 Tradition

36 무자년의 가을 사흘-서정인 Three Days of Autumn, 1948-Su Jung-in

37 유자소전-이문구 A Brief Biography of Yuja-Yi Mun-gu

38 향기로운 우물 이야기-박범신 The Fragrant Well-Park Bum-shin

39 월행-송기원 A Journey under the Moonlight-Song Ki-won

40 협죽도 그늘 아래-성석제 In the Shade of the Oleander-Song Sok-ze

아방가르드 Avant-garde

41 아겔다마-박상륭 Akeldama-Park Sang-ryoong

42 내 영혼의 우물-최인석 A Well in My Soul-Choi In-seok

43 당신에 대해서-이인성 On You-Yi In-seong

44 회색 時-배수아 Time In Gray-Bae Su-ah

45 브라운 부인-정영문 Mrs. Brown-Jung Young-moon

바이링궐 에디션 한국 대표 소설 set 4

디아스포라 Diaspora

46 속옷-**김남일** Underwear-**Kim Nam-il**

47 상하이에 두고 온 사람들-**공선옥** People I Left in Shanghai-**Gong Sun-ok**

48 모두에게 복된 새해-**김연수** Happy New Year to Everyone-**Kim Yeon-su**

49 코끼리-**김재영** The Elephant-**Kim Jae-young**

50 먼지별-**이경** Dust Star-**Lee Kyung**

가족 Family

51 혜자의 눈꽃-**천승세** Hye-ja's Snow-Flowers-**Chun Seung-sei**

52 아베의 가족-**전상국** Ahbe's Family-**Jeon Sang-guk**

53 문 앞에서-**이동하** Outside the Door-**Lee Dong-ha**

54 그리고, 축제-**이혜경** And Then the Festival-**Lee Hye-kyung**

55 봄밤-**권여선** Spring Night-**Kwon Yeo-sun**

유머 Humor

56 오늘의 운세-**한창훈** Today's Fortune-**Han Chang-hoon**

57 새-**전성태** Bird-**Jeon Sung-tae**

58 밀수록 다시 가까워지는-**이기호** So Far, and Yet So Near-**Lee Ki-ho**

59 유리방패-**김중혁** The Glass Shield-**Kim Jung-hyuk**

60 전당포를 찾아서-**김종광** The Pawnshop Chase-**Kim Chong-kwang**